春宵苦短，少女前进吧！

［日］森见登美彦 —— 著

陈晶 —— 译

四川文艺出版社

目　录

CONTENTS

少女前进吧　春宵苦短，

这不是我的故事，而是她的故事。

在满是演员的世界里，每个人都在为当上主角机关算尽、四处奔走，她却在不知不觉间成了那个夜晚的主角。但她并不知道这件事，恐怕直到现在也不知道。

这是她威风凛凛地穿越酒精之夜的游记，也是我终究无法登上主角宝座，只得充当路边石子的苦涩记录。请读者诸贤细细玩味她的可爱和我的愚蠢，用心感受有如杏仁豆腐滋味的人生妙趣。

还请多多支持。

你知道"朋友之拳"吗？

当不得不对身边之人的脸蛋挥拳的时候，人们会紧紧握住拳头。请仔细看这只拳头。大拇指如铜墙铁壁般从外面紧紧包住另外四根手指，正是它成就了这只"铁拳"，将对方的脸颊和自尊击个粉碎。一"暴"还一"暴"，这是历史告诉我们的必然之事。以拇指为基础产生的憎恨如燎原之火般向世界扩散，在即将到来的混乱和悲惨中，我们会把本应守护的美好事物一股脑儿冲进马桶。

然而现在，把拳头松开，试着将大拇指裹在其他四根手指中握拳吧。这样一来，充满力量的坚硬拳头一下就会变得缺乏自信，像招财猫的爪子一样充满爱意了。这种拳头可笑至极，自然无法将满腔怒火注入其中。只有像这样将一连串暴力防患于未然，才能给世界带来和平，我们才能为保护美好事物尽绵薄之力。

她是这样说的：

"将大拇指偷偷藏在拳头里，想紧紧握拳也握不住。那根偷偷藏起来的大拇指才叫爱。"

小时候，她的姐姐将朋友之拳传授给她。姐姐说："你听好了，身为女子，不能一味挥舞拳头。虽说如此，但这广阔的世界里正人君子仍为少数，剩下的人不是浑蛋就是白痴，要不就是浑蛋加白痴。因此会有不想挥拳却又迫不得已的时候。到时就用我教给你的朋友之拳吧。紧握之拳中没有爱，但朋友之拳中有。用朋友之拳，才能优雅地活在世上，才能开拓美丽和谐的人生。"

美丽和谐的人生。这句话深深打动了她的心。

因此，她掌握了"朋友之拳"这个绝招。

∞

这是新绿鼎盛之际已过的五月末。

大学社团里的前辈赤川学长要结婚了，邀请亲朋好友参加婚礼。我和他几乎从未交流过，但同在一个师门下，便要露个脸。社团里还有几个人也来了，她的身影也在其中，因为赤川学长在其他关系网中和她有同门之谊。

从四条木屋町的十字路口沿高濑川进入黑暗的街道，可以看见一座木造三层楼、古色古香的西餐厅，它温暖的灯光照在高濑川一侧成排的树上。

单是这光景已经十分温馨，里面则更加温暖，不如说是一派火热。

发誓白头偕老的新郎新娘可谓珠联璧合，就算新郎横抱新娘接吻被人拍下来两人也若无其事，那种天不怕地不怕的火热模样将与会者瞬间烧成了焦炭。

新郎是在乌丸御池分行工作的银行职员，新娘是伏见一家酿酒公司的研究员。两人都是无视家长想法的豪杰，据说双方父母至今还未谋面。两人相识是在大学一年级云云，经过大风大浪翻山越岭云云，现在模样才如此惨不忍睹云云。

这般场景本已无趣，我与新郎新娘又不相识，觉得有趣才真是变态。于是，我便靠着打扫盘中之物和眺望餐桌一角的她打发时间。

她饶有兴致地盯着躺在大盘子一角的一只小巧蜗牛壳。我无法推断她从蜗牛的残骸中能看出何种趣味，但至少看着她我就觉得很愉快。

她是我大学社团里的学妹，我对她可以说是一见钟情，但还没有和她说过熟络的话。本以为今晚就是传说中的大好时机，却因为没能坐在她旁边这一战略性失败，希望眼看就要落空。

主持人忽然站了起来，宣布：

"下面，由新郎赤川康夫和新娘东堂奈绪子致辞。有请两位。"

原来新娘叫东堂奈绪子啊。我才知道。

6σ

西餐厅的庆祝活动告一段落，宾客们纷纷来到马路上。

在一团和气、准备续摊的人群中，我虎视眈眈地寻觅着，看连接着我和她的红线是否掉在了街上。

不料她向大家低头告辞，一人独自离去。我好不失望。她似乎要踏上归途了。若是如此，随波逐流地参加接下来的活动便没有意义了。我溜出前往续摊地点的队伍，追赶走在前方的她。我说不出"别那么着急走嘛，这位小姐，今晚和我喝杯酒吧"这样的话，脑海中也想不出有名的台词，总之先走走看吧。

四条木屋町，阪急河原町车站的地下道出口旁，有一位弹吉他的年轻人和听得入迷的人们。紧紧缠着过路女子的黑西装男人四处走动，无数醺红脸庞的男女老少来来往往，热闹地寻找下一家酒馆的高脚凳。

我以为她要拐到四条大桥，她却略微一想，径直向北走去。高濑川旁的树木郁郁葱葱，老字号咖啡店"缪斯"在树丛深处散发着橙色光芒。我看见她在店门前仿佛下定决心一般，迈出酷肖双足步行机器人的步伐，挺胸抬头拐进了小巷。

就是在这里，我跟丢了她。

眼前满是商住房林立的奇怪小巷，还有散发出桃色灯光的店铺，她却了无踪迹。我不断被桃色店铺的男人搭讪，只好从小巷出来。本以为已抓住的良机瞬间荡然无存。

如是这般，我早早就退出了舞台。而她开始探寻夜之旅途。

接下来便由她讲述。

🍎

这是我第一次在夜里从木屋町走到先斗町一带时发生的故事。

追根究底，起因其实是在木屋町的西餐厅举办的婚礼上在盘子一角滚来滚去的蜗牛壳。我一边目不转睛地盯着蜗牛壳上的旋儿，一边涌起想喝酒的渴望。遗憾的是，这种难以抑制的欲望与蜗牛之间的因果关系并不明确。

然而那晚来的都是前辈，我没办法喝得尽兴。万一在值得庆祝的婚礼上失了态，给老师脸上抹黑，那就罪该万死了。我在那里忍耐着没有多喝，但最终还是忍不住酒瘾，决定不去续摊了。

那个夜晚，我想独自跻身魅惑的成人世界，总之就是想毫不在意前辈的眼光，随心所欲地喝酒。

恰巧路过四条木屋町附近，沉迷于夜间享乐的男男女女往来其间，那醉人的成人气氛引诱着他们。在这一带，"酒"和令人目眩的成人世界一定都在等待我。就是这么回事！我热血沸腾，在老字号咖啡店"缪斯"前迈出了双足步行机器人式的步伐。

我受熟人指点，决定去木屋町一家叫"月球漫步"的酒吧。据说这家店的鸡尾酒一律三百日元，对我这种囊中羞涩的人来说简直就是神赐。

如果太平洋的海水是朗姆酒就好了，我就是这样爱着朗姆酒。

当然，像早上喝牛奶那样叉着腰将一瓶朗姆酒一饮而尽也不错，但将这样微小的梦想放进心灵的珠宝盒才叫"节制"。

众所周知，美好和谐的人生如果漏掉了这种自然而然的节制，就无法成立。

因此，我爱喝鸡尾酒。阿卡普尔科、自由古巴、椰林飘香……品鸡尾酒就像是挑选一颗颗宝石，感觉十分奢侈。当然，我对朗姆酒以外的酒调制的鸡尾酒也颇有兴趣，积极地与它们订下喝与被喝的山盟海誓。顺便说一句，不仅是鸡尾酒，只要是"酒"，我都想积极地接触。

就这样，我来到"月球漫步"，以自己的方式品酒，不料却被吧台角落一位陌生的中年男人搭讪。

"哎，你是不是有什么烦恼啊？有吧？"

我一时不知该如何作答，因为我并没有烦恼。

我沉默不语，那个男人接着说："如果有烦恼，和 me 说来听听。"这种说法真是既诙谐又巧妙啊，我不禁佩服。

这个人叫东堂。身形瘦弱纤细，长脸上蓄着邋遢的胡子，像是在黄瓜的尾端涂满了铁砂。他把身子凑过来，我敏锐的鼻子闻到了一股味道，应该是男用香水的气味。东堂先生身上的野性气息也猛烈地溢了出来，与浓烈的香水味混合在一起，酿造出噩梦般的幽深之感。我想，莫非这多重气味形成的深邃之味便是"成熟男人的香味"？难道这个人就是街头巷尾众人口中的"魅力熟男"？

东堂先生像被揉成一团的草纸般笑了。

"我请你喝点什么吧？"

"不用了。"

"不用客气。"

虽然再三拒绝，但无视东堂先生的好意反而失礼。而且在资本主义社会中，没有比免费更便宜的东西了。

东堂先生饶有兴致地看着我喝酒。可是看我倒不如看电饭煲更能快乐充实地打发时间，因为我是比电饭煲更无趣的不解风情之人。莫非我的脸上有什么好笑的东西？我偷偷擦了擦脸。

"你一个人？同伴呢？"

"我一个人来的。"我说。

🍎

东堂先生是养锦鲤出售的生意人。

"泡沫经济那时候，水池里游的仿佛是一捆捆钞票。"

东堂先生说着望向远方。

"可现在想来真是荒谬。"

他盯着吧台后面色彩缤纷的酒瓶的间隙，或许是在心里描绘着那些闪亮夺目的锦鲤一条条跃出饲养池变身钞票的日子。他慢慢品着威士忌。

从中书岛乘京阪电车宇治线可以到达六地藏，那里有东堂先生斥巨资打造的东堂锦鲤中心。泡沫经济这一热闹非凡的大戏隆重地拉开帷幕后，东堂先生果断地与锦鲤牵手一同乘上了经济盛衰的浪潮。可到了今年，却接连不断地遭遇麻烦。大规模锦鲤盗窃团伙令人困扰，准备用来维修设备的资金被盗，心爱的鲤鱼还得了神秘的传染病，变得虚胖不已，活像圆滚滚的外星生物。

"到底是怎么回事啊，接二连三发生这样的灾难。"

"这还不算完。我本以为不会再有别的事发生，谁知道就来了那件事。按理说拜它所赐，生意没了出路，可我一想起来却不禁觉得好笑。"

前几天傍晚，宇治市刮起了龙卷风。

从伏见桃山城到六地藏，风势猛烈，一路向前。可怕的是，它迅速朝东堂先生的锦鲤中心逼近。

得到消息后，东堂先生慌忙从京都信用金库折回。冲天的黑色巨柱踏过锦鲤中心的栅栏，闯了进去！东堂先生甩开劝阻他的打工青年，直奔龙卷风而去。

小屋被吹跑，蓄水池里的水翻腾着，隆隆作响。

夕阳从西面射过来，照耀着附近一带，东堂先生挚爱的锦鲤鳞片金光闪闪，仿佛说着"我们会变成美丽的龙回来哟"，飞向黄昏的天空。

东堂先生一边被暴风吹打，一边像哼哈二将般叉腿站立，呼喊着每一条锦鲤的名字："把优子还给我！把次郎吉还给我！"然而龙卷风没有理会他的哀号，将可爱的锦鲤一条不剩地卷走了。

由于这场灾难，东堂先生最终丧失了偿还借款的希望，落入在夜晚的街道徜徉、暗中摸索人生下一步棋的惨境。

"把优子还给我！把次郎吉还给我！"

东堂先生用秋风般悲切的声音喊了好几次。太令人悲伤了，我也难过起来。

"你是个好孩子啊。"他看着我的脸说,"我也算长寿了,见识过形形色色的人。在你看来或许我只是个不起眼的老头,可我有看人的眼光。不是说漂亮话,有你这样的女儿,你的父母还真是幸福。"

"过奖了。"

就这样,我们干了一杯。

"话说回来,你挺能喝呀。喝得这么急没问题?"

"慢慢喝就没感觉了。"

"是吗?那我告诉你一家酒更美味的店吧。"东堂站起来,"我们换家店怎么样?"

🍎

我们两人沿着高濑川向北前进。东堂先生小心地抱着一个淡绿色的包袱。大学生、回家路上的上班族和喝得酩酊大醉身份不明的人让这条街热闹起来。

东堂先生一边眺望四周,一边给我讲了神秘之酒的故事。

它叫"伪电气白兰"。真是奇怪的名字。

"伪电气白兰原本是大正时代东京浅草的老字号酒馆推出的鸡尾酒,新京极附近也有店在卖。"

"伪电气白兰和电气白兰不同吗?"

"据说电气白兰的制作方法绝不外传。曾有京都中央电话局的职员试图重现它的味道,在不断摸索后,于穷途末路之际,有如奇迹般地发明出了伪电气白兰。因为是偶然得来之物,所以味道和香气与电气白兰截然不同。"

"是用电造出来的吗？"

"有可能，毕竟名字都叫电气白兰了。"说着，东堂先生小声笑了，"就是现在，也有地方在悄悄地生产，再运送到夜晚的街巷。"

我脑海中浮现出明治时代的红砖小工厂。工厂里电线纵横交错，金色火花四处飞溅。与其说是酿酒的地方，不如说是化学实验室和变电站的综合体。愁眉不展的手艺人按照秘方谨慎地调节电压，因为电压稍有不同，伪电气白兰的味道就会改变，也难怪他们会皱眉头。终于，散发神秘香气的液体流入一个个透明的长颈瓶中。用电造酒，这么有趣的事到底是谁想出来的呀？

我的身体被好奇心充得鼓鼓的，仿佛要在木屋町的路上"啪"地一下爆开了。

"哎呀，好想品尝一下啊。"

东堂先生是从一位叫李白的老先生那里得知伪电气白兰的。为了维持锦鲤中心，东堂先生去找李白老先生借钱，两人因此相识。

李白老先生是木屋町和先斗町一带的名人，是酒量深不可测、有专车接送的有钱人。他一边请人们喝伪电气白兰，一边尽情玩乐。

夜晚的街道真是一个不可思议的世界。

○

　　东堂先生带我去了耸立在木屋町东侧的一栋商住房的顶层。满是破烂的旧公寓让人觉得像是踏进了废墟。

　　东堂先生推开厚重的大门，微弱的光亮倾泻出来，还能听见人们的牢骚声。吧台很脏，脏兮兮的沙发和椅子像是捡来的。墙上贴着手写的菜单，靠墙的书柜里塞满褪色的旧杂志。客人们随意地在椅子或沙发上占个座位聊天。

　　我在东堂先生的劝诱下喝了一杯烧酒。

　　"为你的幸福干杯吧。干杯！"

　　东堂先生品着烧酒，讲起了他女儿的事。他的千金比我要年长一些。五年前同妻子离婚后，东堂先生就没怎么见过女儿了，她似乎也不太想见东堂先生。多么悲伤的故事啊。东堂先生慢慢讲着，还用手背使劲儿擦了擦眼角。

　　"父母只求孩子幸福就够了。你的父母一定也这样想。我也是为人父母，明白的。"

　　"可是得到幸福是一件很难的事。"

　　"那是当然。父母也无法让孩子幸福，孩子必须亲自找到属于自己的幸福。但要是女儿能找到幸福，要我做什么都在所不惜。"

　　真是了不起，我颇为感慨，他的心灵是多么高尚啊。

　　"对自己来说究竟什么才是幸福——年轻人啊，要这样问自己，这才是正面的烦恼。只要不忘经常自问这个问题，人生就有意义。"东堂先生断言道。他握着我的手，说："像这样与路过的人相识，共度快乐时光，可能就是我的幸福。"

他从包袱中取出一个红色小木雕，放在我的手心。"送给你做护身符吧。"

是吊坠吗？这神奇的东西像是朝向斜上方的大炮。我拿在手上把玩一番，仔细观察，觉得它很像湿滑而黏腻的深海生物，又像是将鲤鱼滑稽可笑地夸张之后制成的东西。

"你要好好保存哟。"

🍎

"鲤鱼跃过瀑布后就会变成龙，是出人头地的象征。鲤鱼旗就是一个例子。自古以来鲤鱼就是代表吉祥的鱼。祇园祭[1]的祭神彩车中有鲤鱼山，还装饰着跃龙门的大鲤鱼。跃龙门的说法你知道吧，这个啊，是……"

说着深奥知识的间歇，东堂先生看着我的手叹息道"好手啊""真是可爱的手啊"。我的手完全没有有趣之处。相比之下，红叶馒头一定有趣得多。

"啊，我醉了。你也喝了不少吧？"

"没事吧？您不会宿醉吗？"

"说什么呢？只要是高兴的时候喝就没事。现在我很幸

---

[1] 祇园祭与时代祭、葵祭并称"京都三大祭"，是每年一度的盛大传统祭典。祭典中会有各式彩车巡游。

福。"说着，东堂先生用手臂揽过我的身体，摇晃着说，"拿出干劲儿来！"

"嗯，我很有干劲儿。"我回应道。

这时，我忽然意识到东堂先生的手滑向了我的胸部一带。他在摇晃我的同时，也在摇晃我的胸。东堂先生是光明正大的君子，应该不会在众目睽睽之下做出无耻的行为，应该是试图鼓励我，搂住我的时候酒劲儿发作所致吧。可我还是觉得难为情。

"不好意思，东堂先生，您的手。"

"嗯？手怎么了？"

"您的手碰到我的胸了。"

"啊，不好意思，失礼了。"

东堂先生说着立即放下了手，可不一会儿，手又绕过来碰我的胸。我实在难为情，最后只好一把推开他。

正在我和他摸来摸去，不，准确地说，应该是我被摸来摸去，正在推来挡去之际，身后忽然传来一位女子的声音："喂，东堂！"

回头一看，是一位个子高挑、眉宇间透出英气的女子。

"色老头，又干这种事！"

"啊，是你！你来了！"

东堂先生的威严瞬间荡然无存，一副可怜巴巴的模样。

她使劲儿挺了挺胸，逼近东堂先生。

"那么想摸胸的话，就摸我的好了。摸给我看看！"

"不，我才不想摸言行不稳重之人的。"

"你这个浑蛋，给我滚出去！"

东堂先生慌忙站起身，想拿上他的包袱，不料包袱一下子松开了，里面的东西全都滚落在地。是许多古画。画中的男女像九连环那样缠绕在一起，怪兽般的东西盘踞在两人交缠之处。我帮他捡起来，盯着画问道："这是什么啊？"东堂先生慌忙把画从我手中夺走。

"是春宫图。"东堂先生没好气地说，"今天要卖掉。"

这一幕太悲凉了，我不禁想叫住东堂先生，他却以不容分说之势将春宫图包好，风一样奔了出去。

我又看了一下他送的护身符。原来那既不是大炮也不是鲤鱼，没错，是刚才画上出现的怪兽，恕我直言，也就是所谓男性的象征。

我叹了一口气。

轰走东堂先生的女子在我身旁坐下，温柔地问："你没事吧？"我目不转睛地望着搭话的这张脸，这确实是一张眉宇间都透着英气的面孔。她无视看呆了的我，用极有气场的声音点了啤酒，然后一回头叫道："樋口，你也来这儿了啊。"

一位身着褪色浴衣的男子悠然地站在那儿。

"哎呀，你好呀。"男子来到吧台，可爱地微微一笑，"在夜晚的大街上遇见的可疑人士，绝不能掉以轻心。不用说，也不能给我们这样的人可乘之机。"

就这样，我结识了羽贯小姐和樋口先生。

🍎

羽贯小姐喝酒如同饮水。"鲸饮"这个词应该就是形容她的，是一位美人腹中能存有一头鲸鱼的意思。我像欣赏高超的武艺一样，在一旁看着她将啤酒咕嘟咕嘟地一饮而尽。

她的同伴樋口先生似乎对酒没有那么大的热情，只是拿着酒杯小心地摇晃，饶有兴致地看羽贯小姐痛饮。

羽贯小姐是牙医助理，樋口先生则职业不详。

"我的职业是天狗 [1]。"他的话出人意料。

"嗯，倒是挺像的。"

羽贯小姐没有否认。

"话说回来，你遇到我们真是太好了，东堂可不是什么好东西。"

她比我更加气愤。

其实我挺可怜东堂先生的。不管怎么说，他给我讲了深奥的知识和了不起的人生哲理，还请我喝了酒。而且，他赌上人生的锦鲤中心被毁，正面临重大危机，而今晚是他在黑暗中摸索的一晚。一想到这儿，我就觉得不过是一两个乳房嘛，哎呀，乳房倒是只有两个，话说回来，我为什么如此没有胸怀，不能平静地当作没这回事呢?

"东堂先生一定很痛苦，我对他太无情了。"

---

[1] 日本传说中一种栖息于深山、红脸高鼻的妖怪，背上有羽翼，可以飞翔。

"没关系。应该对他更无情才是！"

"可我也算受到东堂先生的照顾了。"

"你不是刚刚才认识他吗？"

"可他给我讲了很棒的人生哲理，我觉得他一定不是坏人。"

"好了好了，你冷静点。先喝酒，我请客。"

羽贯小姐为我点了瓶啤酒。

"人生哲理那种东西，稍微上点年纪的人都会讲。"她说道，"樋口不也能说嘛。"

"是吗？不知道啊，我也不想说。"樋口先生闪烁其词。

当我谈起锦鲤中心破产的事，羽贯小姐的眉头微蹙了一下。

"真是可叹啊。"

"没准儿会去跳鸭川哦。"樋口先生说。

"你真多嘴，他怎么会是那种纤细敏感的人！"

"可生意破产了不都这样吗？装出平常那副快活的模样，实际上却准备把今晚当作最后的美好时光。"

"樋口，你怎么说这样不吉利的话？"

羽贯小姐一口喝光了啤酒。

"啊，心情不好。我想去别的地方，樋口你带钱了吗？"

"这几年我都不带钱了。"

"那找个地方混进去吧。"

"明白。我们换地方吧。"

"我们要换个店，你也一起来怎么样？"羽贯小姐俯视着我的脸说，"和我们一起比较安心吧。"

"我想和你们一起去。"

"可不能相信我们啊，我们是来路不明的人。"樋口先生一脸正经地给我忠告。

"别把我和你相提并论。"

羽贯小姐麻利地拢了一下头发，站起身来。

🍎

穿过小铁门，从紧贴在大楼背面的逃生梯出去，只见一片陌生而复杂的景象。

南北绵延的低矮商住房形成凹凸不平的影子，霓虹灯和街灯的光亮点缀其间。公寓的屋顶闪烁着烤肉店巨大的灯饰，电线像网一样将家家户户笼罩其下。正觉得是灯红酒绿之地，就看到百姓家里有如孤岛般的晾衣台，看起来简直像秘密基地。而近在咫尺、状似长带般散发出朦胧光芒的，就是南北向的先斗町。眼前的小小街道像是强行塞在木屋町和先斗町之间的迷宫。

我们从逃生梯走下去，下面是个狭小的停车场，自行车的残骸堆积成山。

樋口先生蹲在一辆自行车旁边，举起一个像海带妖怪一样软乎乎的黑东西，摇晃给我们看。

"这不是裤子吗？"

"这种东西为什么会出现在这里？"

"是谁脱的吧。肯定有什么缘由，别管啦。"

羽贯小姐轻松地将自行车咣咣摞起来，开始向上攀爬。樋口先生从我身旁经过，悠然地学着她的样子往上爬。他攀爬时，浴衣的下摆大大掀起，眼看就要春光乍泄了，再一看，却发现他不知何时已经严严实实地套上了那条来路不明的裤子。我不禁松了一口气。

"我们到底要去哪里啊？"

"嘘——"羽贯小姐把手指放在嘴上，"越过这道围墙。"

越过围墙后，气氛变得像日式酒家般安稳，雅致的灯笼照着花草丛。在一群生硬的水泥公寓之中，居然有如此寂静之处，真的很可爱。

"你准备当偷酒贼吗？"

"别说这种话！别把我和樋口相提并论。"

"我只是捡了别人丢掉的东西，"樋口先生理直气壮地反驳，"懒得拿去警察局，才穿上罢了！"

"我的天啊，樋口，你把刚才的裤子穿上了？饶了我吧，真受不了。"

ᏮᎧ

读者诸贤，你们还好吗？现在由我来畅述离别之苦。

我这时忽然跑来，是怕诸位把寂寞地伫立在木屋町的我忘得一干二净。请不忘给我满满的爱吧。

在她被可恶的东堂揉来捏去遭遇灾难之时，无须赘言，我应该毅然决然地挺身而出。然而，那时我正在木屋町通向先斗町的黑暗小巷里裸露着下半身，因为寒冷和愤怒全身颤抖。那些破口咒骂我"变态！"的读者朋友，我持有同感，但这样责备我似乎失之轻率。

我亲眼见到她与东堂一起沿高濑川进入木屋町对面的大楼，于是准备稍等片刻就进店打探虚实。我不清楚两人是何种关系，但如果她被陌生男人搭讪，不知该如何是好，我就准备勉为其难地拔刀相助。这是多么了不起的想法啊。

但接下来出乎意料，我竟被来路不明的歹徒袭击，被拖到小巷里。更令人难以置信的是我的裤子和内裤被抢走了。夜晚的街道危机四伏。黑暗中，对方的行动是如此迅速，我连那可恶罪犯的脸也没看清，只记得对方身上散发出浓郁而神秘的花香。竟然被满身花香的歹徒弄得裸体示人，世界真是千奇百怪。很明显，谁也不会相信这是真的。

抵抗也是徒劳，我被迫向全天下展示自己。不，为了尽量避免这种情况，我抱着身旁的啤酒箱，潜藏到了小巷的角落里。本来我摩拳擦掌，期待掌握今晚的霸权，准备与她浪漫地相逢，谁知居然落到在黑暗小巷里抱着啤酒箱遮丑的境地。不仅没有当上今晚的主角，若是在这种地方被警察发现，还会不由分说地被打上有伤风化的烙印。我那宝贵的青云之志也将化作木屋町的露水消失无踪。

无计可施。我一边遥望着她愉快地进行夜之旅，一边想，难道我的命运要终结于成为路边的小石子吗？

🍎

男男女女混乱地挤在宽敞的客厅里，宴会正进行到最高潮。

他们是大学文化社团"诡辩部"的成员。为了给去英国留学的前辈送行，频频举起最适宜庆祝光荣迈向新生活的香槟酒。

"都说香槟可口，容易贪杯，不过你应该就不必担心了。"樋口先生说。

"虽然我也不知道谁是谁，但让我们为前往英国的朋友的光辉未来，干杯。"

就这样，我们尽情享用免费美酒。羽贯小姐像遇到百年知己般融入人群，把宴会搅得天翻地覆。她抓住身旁东逃西窜的人，舔他们的脸，不论男女照舔不误。这是她喝醉时的习惯。

"不会难受的，再近些。"

"哇，快别这样。哎——"

"这边有位姑娘在作壁上观啊。"

"呀！耳朵不行，耳朵不行！"

我望着把周围搅得一团糟的羽贯小姐，不禁佩服至极。出没于木屋町的"鲸美人"一旦囊中羞涩，就敢潜入陌生人的宴会，轻松地将免费酒水收入胃中，再慢慢舔过别人的脸。这只能用"无比痛快"来形容了。

起初，她佯装喝醉，在走廊上埋伏从洗手间归来的大学生，然后将对方紧紧抱住，半强迫式地套近乎，大声吵嚷着进入宴会。在这种场合就得脸皮厚！混进陌生人的宴会就是生死攸关的较量，一瞬间的犹豫就可能是致命伤。一口气打入宴会内部后，要不由分说开始活跃场上气氛，把那些"这个人为什么会在这儿"的疑问粉碎得干干净净。

我们只能踏着豪杰羽贯小姐开拓的道路默默前进。

"这样在夜晚的街道里徘徊，就会想起那个人来。"

樋口先生被香槟酒弄得脸色通红，忽然扑哧一下笑了。

"有一位叫李白的奇怪老先生。最近没怎么见着，但我以前经常缠着他，蹭饭吃，混酒喝。李白是他的外号。他是个与众不同的人物，白天是出了名的吝啬鬼，可一到晚上却十分豪爽。多亏了他，我才能不时品尝到美食。"

樋口先生说着，露出快乐的神情。

"李白老先生有两个爱好：一个是带着我这样的帮手去袭击走夜路的男人，抢他们的裤子；另一个是用伪电气白兰比酒量。"

"啊，伪电气白兰。我早有耳闻，很想尝尝。"

"那就难了。伪电气白兰不是普通的鸡尾酒，附近的店都没有卖的。具体我也不清楚，但似乎是秘密酿造的酒。但无论是金钱还是伪电气白兰，李白老先生都有很多。"

樋口先生从浴衣里取出雪茄烟，叼在唇间。

"李白先生为什么那么有钱啊？"

"他是放高利贷的。"说着，樋口先生吐出一口浓浓的烟，"我也向他借了一点钱，所以近期不准备见他。"

一名男子逃出羽贯小姐掌控的野蛮地带，爬了过来。

"你是谁啊？"那人问道。

"我也不认识你。"樋口先生答道。

两人呆呆地对视。终于，那男人表现出大度的一面："算了，是谁都无所谓。"他已经烂醉如泥了，所以口齿不清地打开了话匣子："喂，我说，比起和喜欢的男人结婚，还是和不喜欢的男人结婚比较好，对吧？"他忽然说出奇怪的话来。

"这个说法真新鲜啊。"

"为什么呢，因为一旦喜欢上什么人就会失去理智，无法做出正确的判断。因此，比起自己喜欢的男人，自己不喜欢的男人才是更理性的选择。要找的是今后共度漫长人生的伴侣，因此应该慎之又慎地合理判断。可是恋爱这种感情无法进行合理的说明，与结婚这个问题原本就不合拍。另外，与喜欢的男人结婚，就得品尝热情逐渐冷却的可悲滋味，与不喜欢的男人结婚就不存在这样的问题，因为根本就没什么热情。更有利的是，如果自己不喜欢这个男人，那么他花心自己也不会痛苦，因为根本不嫉妒，于是就能从毫无益处的烦恼中解脱，得到自由。从逻辑上考虑就能明白，女人应该和不喜欢的人结婚。可为什么、为什么偏偏要与喜欢的男人结婚呢？！难道大家都看不清真相吗？！"

说完这番言论，男人酩酊大醉，口水直流。我用小手帕帮他擦了擦。他连声呼唤一位叫奈绪子的女人的名字。

"我本不该参加这个送别会的。奈绪子的婚礼正在举行，我更应该去那边。"

"那你赶快去不就行了？"

"不行，这可是我的送别会。"

"哦，原来去英国留学的是你啊。"

"事到如今，和奈绪子见面的话，你让我说什么？你让我和那种与喜欢的男人结婚的不通情理的女人说什么？无论说什么都是徒劳无用的，难道不是吗？"

说着他上前要揪住樋口先生，樋口先生"嘭"的一声将他撞到一边，他咕噜咕噜地滚到客厅的角落里，哼了一声便不再动弹。就像海狮在闹别扭一样，留给我们悲伤的后背。用诡辩进行爱的告白是没有用的。

"下面，为了鼓励高坂学长，我们开始跳诡辩舞吧。"负责人模样的女子站起来说。

"高坂学长在哪儿？"

"居然在那种地方赌气睡着了，难道他打算只让我们跳吗？"

"话又说回来了，是哪个白痴想出的舞？真是千古之耻！"

"先把学长叫起来再说吧。"

"哇，学长，你的口水流得像牛一样。"

一动不动的高坂先生忽然口水四溅，像狮子一样怒吼："唔噢！奈绪子！"

一时间，围在他身边的部员们都跳开去。

"奈绪子小姐不在哦，现在已经成了别人的妻子啦。"

"好了，跳了诡辩舞，痛下决心去国外吧！"

就这样，在众人的安慰和搀扶下，高坂先生摇摇晃晃地从榻榻米上站起来。与其说他是被学弟学妹簇拥着打气，不如说是被大家随意地推来搡去。

"学长，振作起来！"

"谢谢大家。你们来给我送别，我很高兴。"

"振作起来！索性别回来了。"

"学长不在我们也能做得很好，放心吧。"

"不会再重逢了，好高兴啊，再见。"

在喜悦之声中，高坂学长被学弟学妹推搡着前行。人们终于双手合十举过头顶，开始在客厅里扭着腰缓步前进。这就是诡辩舞。

这个舞蹈着实有趣，我和樋口先生也高兴地加入队伍。大家正倾心为光荣踏入新生活的高坂先生祝福时，羽贯小姐现身了，她把扭着身子狂舞的我们拉到走廊上。

趁着宴会结束前的混乱脱身——她喝免费酒的伎俩到此完全得逞。

🍎

走出日式酒家，我们沿着石板路向北行进，前往先斗町。

抬头仰望，夜空被两旁的屋檐占据了领地，显得十分狭小，许多电线在头顶纵横驰骋。日式酒家的二楼垂着竹帘，缝隙间露出酒席的光亮。

狭窄的街道两侧，红灯笼、电子招牌、门灯、自动售货机和橱窗的光亮，宛若夜市的灯光般连成一片。人们三三两两愉快地漫步而过。

我还看到主顾们大摇大摆地走进门槛高如万里长城的店面。应该说这就是先斗町的格调吧。穿过大门，那石板小巷深处，无疑是我辈无法想象的极尽风流之处，是大人为大人打造出的玩乐之地。一定是的，太有意思了。

"哎呀，接下来怎么办呢？"羽贯小姐嘟囔道。

"已经没什么地方可去了吗？"

"那倒不是。不然还是从哪儿穿回木屋町去吧。"

一只猫从脚下跑过。我回头望着它敏捷的身影，看见了在石板路上行走的舞伎。她穿过灯笼发出的光亮，悄悄溜进向西延伸的小巷中。

待我回过头来，已经不见羽贯小姐他们的踪影了。

是不是拐进小巷了？我张望了一下，没有人。要是没了这两位，我在先斗町便没了值得依赖的人，也不知怎样才能继续夜之旅。真是烦恼啊。

"哎，你一个人？"

一个喝醉了的男人在喊我。"在夜晚的大街上遇见的可疑人士，绝不能掉以轻心。"我想起樋口先生的忠告，低头行了个礼，继续走路。

忽然，一颗大苹果落了下来，在我面前的石板路上滚动。

我不觉找起苹果树来，先斗町居然还长着苹果树，真是奇怪。但那不是苹果。我瞪着那个绷着脸的胖鼓鼓的不倒翁，它也瞪着我。

哎呀，读者诸贤，好久不见。在昏暗的小巷里，因下半身不同寻常的开放之感而惊慌失措的我又来了。加个塞儿，抱歉。

正当我面临被控告公然猥亵罪的紧要关头，从店里被踢出来的东堂拯救了我。

他摇摇晃晃地走进小巷，对求救的我说了句"等一会儿"，很快便拿来一条旧裤子。听说是从位于先斗町与木屋町之间的相熟的旧书店借来的旧衣服。

东堂脸色阴沉，让人感觉像是随时要去上吊一样。但这些都无所谓，能在这里相遇也算有缘，他还说要请我喝酒，话语中飘浮着自暴自弃的悲凉，有点恐怖。但最后我还是被他说服，与这个捏她胸部的可憎男人同桌共饮，当然，此时我还不知道他做过的事。

穿过小巷，我被领到先斗町一家面朝鸭川的酒吧里。小公寓的二层，在那个只有吧台、如同洞穴一般的店里，不知为何处处可以见到猫和不倒翁。

当着我和酒的面，东堂忽然放声大哭，叹道："浑蛋！没意思！没意思！"之后嘟囔道："啊，怎么办？"立即又回应自己说："也不能怎么办。"

接着，东堂又眼含热泪地重复了一遍对她讲述过的不幸遭遇。他似乎难抑愤怒，频频咒骂一位叫李白的老人，因为李白催他偿还借款。他痛骂一声"那个浑蛋"，又左顾右盼，看是不是有谁听到了。

　　与她相逢成了痴心妄想，只能与素不相识的大叔独处，我也想哭了，两人各自为各自的理由流泪，呈现出"男人与男人把酒洒泪"的惨状。喝醉了的东堂自暴自弃地劝酒："别和我客气！喝啊！"我喝了本来喝不了的酒，酩酊大醉。

　　整个酒馆就像漂浮在鸭川上一样摇摇晃晃。

　　然后，东堂那个开旧书店的朋友登场了，陌生的大叔又增加了一位。

　　"哎呀，不好意思迟到了。烧洗澡水的锅炉坏了。我去樱汤浴场洗了澡来的。"

　　他津津有味地将地麦酒喝干，探出身来问：

　　"那个，你真想卖？"

　　东堂点点头，解开包袱，将春宫图摆出来。他说，自己的珍藏要在今晚"闺房调查团"的拍卖会上全部卖掉。这是走投无路之际做出的痛苦决定，他要拿着卖得的钱从李白身边逃开。

　　"闺房调查团是什么？"我问。

　　"闺房调查团是个俱乐部，里面全是喜爱收集情色物品的人。比如说情色玩具、古董，情色胶片，还有这家伙攒下的春宫图之类的，团员们会拿着这些东西来参加聚会。"旧书店老板解释道。

"这是哪门子调查团啊……不就是一群色狼嘛。"我小声说。

"你这家伙说什么呢，这些可都是文化遗产。"

"也是我生存的价值。"东堂说。

悉听尊便吧。

我想打开面向马路的窗户，让风吹进来，变得清醒一点，于是摇摇晃晃地站起身，打开窗户，望着下面先斗町的石板路。

我将下巴放在冰凉的窗框上呼呼地喘气，忽然发现一个似曾相识的娇小身影正走在眼前的石板路上。认出是她，我想叫住她，却出不了声，慌忙之中一把抓住了吧台一角的不倒翁。店主喝道："你要干什么？！"我置若罔闻，身子探出窗户，将不倒翁扔了下去。

她停下脚步，拾起落在石板路上的不倒翁端详。

我想转身去她的身边，但醉得脚都不听使唤了。天旋地转，地板在起伏，胸口也随即像从悬崖坠落般难受起来。

"我说，这家伙是谁？"

旧书店老板指着我问。

这点醉算得了什么？！她就在那里，要是不去她的身边，一切都没有意义了。我呻吟着，然而却朝猫咪四处逃窜的肮脏地板倒了下去。

我不得不第二次退场。

我将不倒翁抱在怀里，一摇一摆地走着。樋口先生从通往木屋町的小巷里探出脑袋，向我招手："喂，在这里，这里。"我开心地跑过去。

"啊，太好了，我还以为跟丢了呢。"

"这个不倒翁是哪儿来的？"

"捡的。"

"很 Good 的不倒翁。"

我跟着樋口先生走进狭窄的小巷。脚边，类似方形纸罩台灯的电灯散发着光芒。木板墙前摆设的大盆栽里种着枫树，两只猫挤在绿葱葱的树叶下。

用红砖装饰的墙上镶嵌着潜水艇上的那种圆形玻璃窗，从那里透出光亮来。樋口先生打开门。吧台后摆放的酒瓶像奢华的枝形吊灯一样闪亮，店里满是威士忌琥珀色的光芒。长吧台边坐了一排绅士淑女，盯着忽然闯进来的我。

好恐怖！我惶恐地从吧台前的人群中挤过，发现里面有个像是隐匿之处的微暗空间，羽贯小姐正混在四位魅力熟男中高谈阔论。

坐在红色布沙发上的大叔们都系着红领带。无忧无虑、相见之缘无不化作杯酒之欢的羽贯小姐，似乎早已与红领带大叔们意气相投。

"令郎结婚了？哎呀，那可真是恭喜了。"

干杯。

"这是值得高兴的事吗？混账。"

"算是吧。"

干杯。

"我把他养大，他却摆出一副是我自愿养他的德行。"

"没有父母，孩子也一样长大。"

"难道有没有我都一样吗？"

"那怎么会一样呢，社长先生。"

干杯。

我小声问樋口先生：

"为什么大家都系红领带啊？"

"今天是他们六十大寿的庆祝会。"

他们都是大学同学，听说是特意抽出时间来京都聚会的。

上京区的医生内田先生说："酒很多，不用客气，使劲儿喝。"说完给我倒了一杯赤玉红酒。

"为了庆祝花甲之年，还特意准备了赤玉红酒，可惜准备得太多了，喝不完，正不知道该怎么办呢。"

🍎

"不过啊，人生真是无趣。""别说了别说了，心情会变沉重的。""这家伙以前就没什么政治头脑，倒是哲学得很。""现在说那些年轻人的话也没用，还能回到婴儿时代吗？""怎么说也是花甲之年了。""是嘛，花甲说的就是这个啊。""换句话说，我们再次回到了青春时代。[1]""永世轮回。""没了青春，只剩烦恼，那不是地狱吗？""因为是夜晚啦。""什么？""因为是夜晚，我才考虑这些。""就算不是夜晚，我也考虑这些。""糟了，这是危险的征兆。""你不是把孩子都培养得很出色吗？那就万事大吉了嘛。""他们的人生是他们的，和我没关系。""真是过分的家长。""别灰心！""就算到了花甲之年，也想不通！人生究竟是什么？""人生的目的是什么？""多多滋生，大大兴旺。""真白痴。""现在谈这些还有什么意义？还没讨论出个结果就死了。""死亡真可怕啊。""我以前还以为上了年纪就不怕死了，结果却越来越害怕了。""是吗？我可不是。""你以前就那个德行。""仔细想想不是很神奇吗？出生在这个世上之前，我们都是尘埃，死后又变回尘埃。比起做人，身为尘埃的时间要长得多。这么说来，死就是稀松平常之事，而活着只不过是罕见的例外。这样的话，还怕什么死啊。"

♪

我们所处的酒馆一角安静下来，像是豪华客轮沉入了海底。"哎呀，喝吧。"内田医生说。大叔们啜饮着赤玉红酒，各自沉浸在思绪中。

羽贯小姐迷迷糊糊地睁开眼，打破了沉寂。

---

[1] 花甲即一甲子，六十年为一循环。故过了花甲，便有重新开始之意。

"怎么感觉说得怪辛酸的。对了，樋口，你表演一下吧。"

樋口先生从沙发上起身，像哼哈二将一样叉着腿站立。他从浴衣里取出雪茄，一脸严肃地喷云吐雾。像泰晤士河的雾一般的浓烟瞬间飘浮起来，从我们所在的一角流出，蔓延到了笼罩着琥珀色光亮的吧台。几位在吧台边静静地喝酒的顾客惊讶地回过头来。

"好了，在座诸君，若没有要紧事，请您仔细看好了。虽说本人在席上一角献丑，但请勿投掷钱币。不过若是诸位能对鄙人的表演予以首肯，愿意免费提供酒水饭菜，那鄙人也没有拒绝之理。总之，您看好了。"

接着，在缭绕的烟雾中，樋口先生仿佛双手拿着看不见的空气泵，做出拼命挤压的动作，似乎在把自己脚下的气球吹起来。

这时，老爷爷们竟全从沙发上站了起来。

樋口先生的身体开始轻飘飘地往上升，在离地面三十厘米高的地方摇晃。不管怎么看，都感觉他是真的飘起来了。

我们全都一脸呆相地向上望去，樋口先生一踢墙，居然飘到了天花板上。他抱住我们抛给他的不倒翁，缩成球状，围着巨型电灯咕噜噜地转圈，将嘴里的烟吐向电灯。

然后，樋口先生摆出卧佛一般的惬意之姿，轻快地飘向吧台。在一旁静静喝酒的其他顾客也惊呆了，仰望着身披浴衣、从头顶飘过的男人。

羽贯小姐开始噼里啪啦地鼓掌，我们也跟着拍手，最终掌声雷动。

樋口先生在对面的墙角处快速转身，像游泳选手那样漂亮地折返，再次回到这里，降落后行了一礼。

"哎呀呀，你很了不起。"

儿子刚结婚的赤川先生赞叹道。他是染织公司的社长。

"我还是第一次见到这种表演。你到底是干什么的？难道是魔术师吗？"

"我是天狗。"

"什么？天狗？那很了不起啊。"社长哈哈大笑，"下次一定要到我们举办的宴会上表演。"

"喝一杯吧。"

内田医生拿起一瓶赤玉红酒，是空的。他又伸手去拿旁边的酒瓶，还是空的。我的脸像火烧一般，不是醉了，而是觉得丢脸。莫大的羞耻啊，莫大的羞耻！

"你把这些都喝了？"内田惊呆了，"你没事吗？"

"哎呀，我们这里也有一只天狗。"

宴会再次活跃起来。像气球一样变得心情大好的社长和内田医生双手合十，高高举起，扭动着跳起舞来。没错，这是如假包换的"诡辩舞"。

他们以前正是诡辩部的部员，诡辩舞就是他们设计的。

在那些令人怀念的青春时光里，他们无所事事，卖弄诡辩，欺骗他人，在谩骂他们的各种言语中，有一句是"这群鳗鱼混账"。他们对这句话很满意，于是向全天下宣告"我们要像滑溜溜的鳗鱼那样玩弄诡辩"，并将每次聚会时都要跳模仿鳗鱼的诡辩舞列为部训，强制对此反感不已的后辈接受。诡辩舞不

间断地传承了三十余年，却被现任部员嫌弃："是哪个白痴想出来的啊！"

据说，当年他们也是在机场用诡辩舞给要去国外留学的同学送行的。

"那家伙死在留学的地方了吧？"社长说，"真令人怀念啊！"

意气相投的我们一边跳诡辩舞，一边撤离酒馆，如夜袭般走遍了先斗町。

社长见多识广，无论到何处都有相识之人，无论到何方都有相熟之士，马上就能和他们一同大笑，连啤酒的泡泡都要被笑声震跑了。现在，深夜笼罩下的先斗町逐渐安静下来，唯有我们热闹地穿梭在寂静的间隙中。

我表达了想喝伪电气白兰的愿望，社长一边念叨"李白先生哪儿去了……"这样诡异的台词，一边在一场一场的酒席上四处寻找李白。

我们去了满是猫和不倒翁的酒吧、双胞胎兄弟掌管的咖啡馆、冷艳的爵士酒吧、地下监狱般的酒馆……接连出现的不是一瓶又一瓶的美酒，就是一扇又一扇的门。然后又是一扇又一扇的门，一瓶又一瓶的美酒……

虽然行程令人眼花缭乱，但只要能喝上美酒，就算是水深火热，我也幸福无比。

"话说回来，你可真能喝，深不见底啊。"社长如此评价我的酒量，"你究竟能喝多少？"

我挺直腰板，说："有多少就能喝多少。"

"很有气魄。你应该和李白先生比比看。那样的话，伪电气白兰你想喝多少就能喝多少。"社长说道，"我赌你赢。"

社长先生每到一处都会询问李白先生的去向，可无人知晓他在何处。大部分人都认为他不是窝在私家车里研读古书，就是还沉浸在抢夺醉酒之人裤子的游戏中。

"要比酒？赤川先生还没吃够苦头？你赢不了那个人的。"

"不是我，是这个孩子要挑战。我发现了百年一遇的人才。"

"哎哟，别说胡话了。"

"你可不能以貌取人。"

虽然我一直无缘与李白先生相见，但与现任诡辩部成员相遇令人高兴。他们在像地下监狱一样的酒馆角落里跳着奇异的诡辩舞呢，绝对不可能认错！时隔三十年的前辈和后辈感慨万千。狂跳诡辩舞之后，他们意气相投，抱着彼此的肩膀唱起荒唐的《诡辩歌》。

准备前往英国的高坂先生沐浴在红领带大叔鼓励的炮火中："要有日本男儿的骄傲！""给我好好学习！""四当五落 [1]！""别死了！"

---

[1] 考生只睡四个小时就能考上，偷懒睡五个小时就考不上，是日本旧时的流行说法。

高坂先生翻着白眼嘟囔道："我会加油的！"他似乎还没死心，一得空便"奈绪子、奈绪子"地低叫。如此这般，他们也成了我们的同伴。

樋口先生背着大醉得坠入沉默深渊的羽贯小姐，她被大家奉为"沉睡的狮子"。然而，她却忽然睁开眼，不管三七二十一，说着"你的就是我的"，抢过别人的啤酒大喝特喝起来，还大叫着"先斗町最棒"，向我的脸颊舔来。狮子睡醒了，众人无计可施。

而樋口先生每到一处便会展示天狗的绝技，或是从嘴里吐出鲤鱼旗放飞到夜空中，或是从耳朵里取出恶俗的金色招财猫之类，享受着大家的赞美。

鲤鱼旗就这样飘浮在先斗町的大街上，夜游的人们应该会很惊讶吧。金色招财猫像俄罗斯套娃那般生出一只又一只小招财猫，酒馆被大大小小的招财猫占据，店主愤怒不已。樋口先生却飘往天花板的角落逃开，在谁也看不见的地方偷笑。

与其说他像天狗，不如说他就是天狗。

我只顾在快乐宴席的一角饮酒，祈祷能与李白先生和伪电气白兰相逢。

我们将一家又一家店变得热闹非凡，像是行走在夜之街道上离奇古怪的马戏团，又像是擅自举办了一场小型祇园祭。

🍎

快要看到先斗町最北面的歌舞练习场了，我们与从打烊的咖啡馆中陆续走出的人们相遇了。

不知是今晚婚礼后的第几次活动了。身子紧紧贴在一起的，正是不畏神明向我们大秀恩爱的新郎新娘。热闹的一群人向他们那边走去，不知为何，他们都紧张起来。

"奈绪子！"

高坂先生停下脚步，诡辩部的成员们开始起哄。

"呀，康夫！"

社长亲热地叫道。前诡辩部成员一阵喧哗。

准备出洋留学的男人和爱慕已久却成他人之妻的女人，迎来花甲之年的父亲和刚刚新婚的儿子。一种不可思议的庄严之感笼罩四周。众人都在用烂醉的脑袋苦苦思索怎样才能打破这种古怪的沉默，此时，天空中飘下了几张破旧的纸片。

羽贯小姐拾起来，低声说道："哎呀，这是……"花甲之年的大叔和诡辩部成员们也捡起来兴致勃勃地盯着看。我也捡了一张，发现是我见过的男女以奇怪至极之姿态交缠在一起的春宫图的碎片。与春宫图残骸一起飘落的还有痛彻心扉的叫喊。

"已经结束了！"

我们抬头仰望。

道路西侧是咖啡馆，东侧是漂亮的日式酒家。

东堂先生将脚挂在酒家三层的栏杆上，宛若歌舞伎演员般将身子探到大街上。他夸张地做出亮相的姿态，像石川五右卫门[1]一样睥睨着深夜的先斗町，一边愤怒地撕毁秘藏的春宫图，手臂尽力向空中伸展，撒豆驱鬼般撒着纸片。

东堂先生每次向空中松开手掌，都会痛切地大叫一声"混账"。被屋檐遮蔽的狭小夜空下，无数交缠的男女一个接一个跳到石板路上，在狭小的巷子里舞蹈，最终被吹散到四方，不知所踪。

我觉得这仿佛是撕碎了灵魂，让它随风而去。

"真是绝佳的景色啊。"

樋口先生愕然地说道。

酒家三层似乎也有很多人，能听到有人在安抚东堂先生难以平静的情绪，可他却扬言"再靠近就一头扎下去，死给你们看"。

东堂先生哭了。

"东堂先生！"我喊道。

接着，新娘小声叫道："爸爸！"

66

读者诸贤，你们好。

时过丑时三刻，我在京料理"千岁屋"大宴会厅的角落里，如同烤过头的年糕一般沮丧。我没有见到她。东堂叫出来的旧书店老板是个酒后只知道胡说八道的家伙，我落到脱身已是妄

---

[1] 日本历史上著名的侠盗。

想，只能与他们共命运的悲惨境地。

历经数场杀气腾腾的宴会，我们颇费周章才找到闺房调查团的临时拍卖处。时已深夜，日式酒家的年轻老板是闺房调查团的一员，他答应了东堂的无理要求。这些喜爱风流韵事之徒还真是胡来。

东堂盯着面前摆放的各种春宫图，嘴角一撇。

隔扇大敞着，宽敞的房间显得十分空旷，到处摆放着盛有热水壶、小茶壶和茶碗的托盘与紫色馒头般的坐垫。从临河的玻璃窗向外望去，可以窥见暗淡的鸭川和京阪三条车站一带的光亮。

终于，商店老板、银行职员等男女团员都一脸困意地走进房间，其中还有从京都大学附近骑自行车来的理发店老板。他们三三两两地坐下，或是吸烟或是饮茶，并没有相互闲聊。

就在旧书店老板宣布闺房调查团集会开始，东堂的床笫收藏品即将消失在爱好风流韵事之徒的怀中之际，坐成一排的人们的手机响了。接着，一则传闻被兴奋地传递开来。

"喂，李白老先生要比酒了！"

理发店老板大声说。

根据传闻，要与李白老先生进行世纪大决战的怪人正在附近徘徊。此人身高两米，体形巨大，身着破旧浴衣，是被称为"沉睡之狮"的花和尚，也是能从嘴中吐出无数鲤鱼旗的怪才。他为了打败李白老先生，不远万里从奥州[1]来到京都。与其说

---

[1]　日本东北地区中部的旧称。

是怪才，不如说是妖怪更合适。

团员们开始谈论。

"李白先生很久没有比酒了啊。"

"可今天晚上没看见李白先生啊。"

"在哪儿举行呢？"

"有点想去看热闹了。"

偌大的房间里，举座哗然，东堂的收藏品被撇在了一边。

啊，太可恶了！居然要把自己珍贵的收藏轻易就交给这帮家伙，真是让人难以忍受。一直静静坐着忍耐的东堂眼见场内紧张的气氛缓解了些许，自制力之线忽然一下断裂。与妻女的分离、欠李白先生的钱、消失的鲤鱼、即将四散的收藏，所有这些一并涌上心头。他无疑已经厌倦了耍手腕，觉得一切都无所谓了。与其体味心爱的藏品被人杀价的屈辱，不如索性亲自动手毁掉，再了断自己！他怕是这样想的。

东堂忽然抱着春宫图跑向临街的窗户，将腿挂在栏杆上，探出身子。

"我谁也不卖！"

他大叫着，开始撕春宫图。

全场愕然。深更半夜把人召集起来，这个白痴想干什么？

调查团的团员们站起身，想阻止东堂，却因为他一句"再靠近就一头扎下去"不敢妄自出手。谁也无法阻止贵重的文化遗产化为纸屑。

我悠然地躺着喝茶，观看这场骚动，不料却听到不断飘落春宫图的先斗町街头传来她的声音。我一跃而起。

"东堂先生！"她叫道。

🍎

"东堂先生，您不是在摸索人生的下一个方向吗？"我仰望着栏杆叫道，"别放弃啊！"

"你是发自真心地这样说吗？"

东堂先生锐利的目光望向这边。

"我可是撒着春宫图，还摸你胸部的男人。"

"可您给我讲了很棒的人生哲理。"

"谈论人生不过是消磨时间罢了。"

东堂先生拼命咬牙忍耐着，又撕掉一摞春宫图。

"谈论人生就能让我逃离这一筹莫展的境地吗？！"

"您女儿在这儿呢。"我把被眼前这一幕吓坏了的新娘推上前去，"您不是说为了女儿的幸福，什么都愿意做吗？"

"爸爸，冷静点！"

"啊？你在这儿做什么？"

东堂先生终于发现女儿的存在了。

"混账，混账！"他继续怒气冲冲地撕毁春宫图，"真是奇耻大辱，居然在女儿面前……"

"爸爸，我不在意的。色老头也好，什么都好，都无所谓。"

"不行，我已经受够了。"

这种微妙而紧张的交谈正在进行时，一直作壁上观的樋口先生忽然回头望去，说：

"李白老先生来了。"

我向南看了一眼，屏住了呼吸。

一辆像高层电车般的庞然大物灿然炫目地从黑暗狭窄的先
斗町南面驶来。这奇特的交通工具共有三层，像是叡山电车堆
叠而成的，车顶长着茂盛的小竹丛。

车上处处悬挂着灯，深红色车身发出耀眼夺目的光芒。色
彩缤纷的飘带、小鲤鱼旗和大大的浴场门帘之类的东西，都在
边角处如万国旗般随风飘动。

几扇车窗中透出起居室般舒适的光亮，小而奢华的枝形吊
灯随着电车的行进摇曳。从一楼的窗户中可以看见被书本满满
占据的书架和从天花板上垂下的浮世绘。

一时之间，我忘记了东堂先生的存在，痴痴地望着这骤然
驾临、一把将黑夜推开的魔法箱。

在人气不再、逐渐变得黑暗的先斗町，这辆电车途经之处
像祭典般明亮。但随之而来的便是令人恐惧的寂静。

电车无声地接近，可以看见车前方钉的搪瓷标牌，上面用
寄席体[1]写着"李白"二字。

路上的人们念叨着"是李白先生""李白先生来啦"。"什
么？李白？"从千岁屋的栏杆探出身子的东堂先生伸出头叫着。
见此机会，聚集在三楼的人一齐猛扑上去，将他摁住。

---

[1] "寄席"指日本传统曲艺剧场。"寄席体"是剧场为求醒目而特别设计的字体的统称，
一般笔画粗壮、间距极小。

东堂先生一边疯狂反抗，试图从人们手中挣脱，一边将剩下的春宫图撒出去。

"已经没有钱还给那家伙了，我会被李白大卸八块的。"东堂先生叫道，"让我一狠心，死在这儿吧。"

我在半空中抓住了东堂先生从栏杆飘落的幸福。三层电车朝春宫图碎片上那满头珠饰的妖艳美女投下橙色光芒。今晚能与他相逢，真是有缘。

我目不转睛地看着悄然逼近、满是装饰的三层电车，回击般地挺直腰板。

我用力地抬头望向东堂先生。

"东堂先生，我马上要与李白先生比酒，赌注是你欠的钱。"我喊道，"我一定会赢。"

🍎

我们上了京料理"千岁屋"的三楼。

三楼的大宴会厅里，还在反抗的东堂先生想凑过来，却被众人摁住。

这时，李白先生的三层电车已悄然停在"千岁屋"门前。大宴会厅栏杆外一片光明，因为电车车顶有盏路灯在闪闪发光。

房间里重新恢复平静，没有人想坐到李白先生的电车里去。

然而，我必须见到李白先生。于是我横下心，率先越过栏杆上了他的车，其他人都默默地追随我。

三层电车的车顶上，草儿随风飘动。漂浮着水藻的古池蓄满了水，岸边是葱郁的竹林。

"啊，萤火虫。"

顺着不知是谁指的方向望去，水面上垂下的细竹的阴影中，小小的萤火虫散发着可爱的光芒。

竹林中垂着灯笼，仿佛在邀请我们一般。其间耸立着熏黑的砖砌烟筒，旁边有一处向下的旋转楼梯。

从那里下去，来到一块狭小的水泥地。

打开镶嵌着磨砂玻璃的拉门，蒸汽便扑面而来。拉门后有个箭台般的收银台，带有黄铜锁的木质橱柜镶嵌在墙壁内，铺有泄水板的地板上并排放着脱衣筐。

"里面是浴场。"樋口先生告诉我，"下一层是宴会厅。"

大家一个接一个从旋转楼梯下去，来到一个长长的房间里。

房间内铺着柔软的红地毯，四处放着黑亮的圆桌和沙发。圆桌上早已备好酒肴和酒器。

房间正中最深处，大挂钟摆动着银色钟摆，旁边的留声机中流泻出嘶哑的音乐。

窗边有大得能将我套入其中的青瓷壶、抱着葫芦的狸猫、大到能用在运动会滚球比赛中的大地球仪。贴着木板的墙上，般若、狐狸、乌天狗的面具，绘有鲤鱼跳龙门的浮世绘版画，还有令人毛骨悚然的虾的油画等，毫无章法地挤在一起。

在照着这些奇特收藏品的枝形吊灯正下方，有位一脸福相的老爷爷，他陷在棉花糖般柔软的单人沙发里，微笑着吸水烟袋，发出扑扑声。

"大家好啊。"李白先生从嘴边移开烟袋，发出爽朗的声音，"是那边的小姐想与我一决胜负吗？"

婚庆会、免费品酒会、欢送会和花甲庆祝会四合一的宴会悄悄开始了。我和李白先生隔着酒杯相对而坐。

圆桌上，放着大大的银色酒瓶和两个银色杯子。

决出胜负的方法非常简单：我和李白先生各饮一杯，饮完后将酒杯倒扣在对方面前，证明已经喝光，接着再倒下一杯。当一方宣布不能再喝，或是醉得握不住杯子，又或者被内田医生判断身体状态很危险时，胜负就揭晓了。

倒入杯中的伪电气白兰像水一样清澈，隐隐现出橙色。我握杯入手，轻轻闻了一下气味，一瞬间误以为眼前出现了好大一朵花。

社长先生、东堂先生和樋口先生走到我身边。

"那么，将你们的借款加起来下赌注怎么样？要是这位小姐输了，借款就加一倍，我绝不手软。"

听了李白先生的话，三人重重地点头。

这时，宴会场里的大挂钟宣告已经凌晨三点了。

"那么，开始吧。"

受命担任见证人的内田医生宣布。

怎样表达伪电气白兰第一次入口时的感动呢？它既不甜也

不辣，也没有想象中那种闪电划过舌尖的感觉。应该说，它是有芳醇香气的无味饮料。我原本以为味道和香气是同源之物，但唯独这酒不同。每次将它含入口中，都仿佛有花朵在绽放，不留丝毫多余的味道就落入腹中，化为一点温热。那种感觉真是相当美妙，就像肚中有片花海。喝着喝着，便让人从肚皮里幸福起来。虽说是在比酒，但我和李白先生喝的时候都在微笑，原因就在这里。

啊，真好啊，真想一直这样喝下去。

我就这样快乐地喝到了伪电气白兰。终于，我达到了远离周围的嘈杂、仿佛只有我和李白先生两人在寂静的屋子里推杯换盏的奇妙心境。若是允许我说大话，伪电气白兰的味道就是从根源处温暖我人生的味道。

一杯，一杯，又一杯。

我沉醉于饮酒，忘记了时间的流逝。我和李白先生并没有交流，他却像是祖父一般，让我涌出一种安心感。即便不曾开口，也觉得李白先生像在和我无声对话。

"活着就足够了。"李白先生这样说，"能喝到好喝的酒就可以了，一杯，一杯，又一杯。"

"您幸福吗？"

"当然。"

"那真是太好了。"

李白先生莞尔一笑，低声说道：

"春宵苦短，少女前进吧。"

伪电气白兰入肚，我快乐得不得了。真好喝啊，喝多少杯都没问题。

接着，我开始希望这次比酒永远都不要决出胜负，不料回过神来，眼前的李白先生已经不动了，满是皱纹的手覆在杯子上。

"我已经喝不动了。"李白先生说道，"我说，就喝到这儿吧。"

现实的嘈杂声忽然回到我周围。

宴会圈一下缩小了，将我和李白老先生围在里面。社长拍着我的肩膀，樋口先生一副袖手旁观的模样笑着，而关键人物东堂先生坐在地毯上，脸像被揉成一团的草纸。

🍎

和李白先生比酒结束后，神奇的宴会还在继续。

免费喝了伪电气白兰，所有人身上都透出好闻的味道。气氛安详又令人害羞，让周围的一切柔和起来。

坐在沙发上的东堂先生和社长吧嗒吧嗒地抽着水烟，红领带大叔们和高坂先生向新郎新娘致以祝福。

人们聚在墙上的画作和奇怪的物品前，讨论它们的价格，也有人去了楼上的浴场洗澡。

羽贯小姐一屁股坐在沙发上，和李白先生一同喝咖啡。樋口先生转动着巨大的地球仪，抓住近旁的人高声演说。

"话说回来，我们今天晚上为什么要聚会？"不知是谁问道。

我平生第一次摇晃着走路，于是模仿着双足步行机器人，在宴会场上转来转去寻开心。我觉得微醉的自己很有意思，想去车顶上看看，摇摇晃晃地踏上旋转楼梯。大概是觉得我这样太危险，东堂先生追上来，说要一起去。

　　"你要到车顶捉萤火虫吗？"他问。

　　我们走上旋转楼梯，来到车顶的古池边。

　　我们在竹丛中找萤火虫玩。凉爽的风吹拂着水面，涟漪阵阵。脑中不肯散去的伪电气白兰的酒气也随着凉风飘散而去。

　　"我第一次经历这样奇妙的竹林之夜。"东堂先生说。

　　"真不知道要发生什么。"

　　"要是那些鲤鱼能回来就好了。不，那可真是奢望。"

　　接着，东堂先生呼唤起他深爱的每一条鲤鱼的名字。

　　"优子——次郎吉——贞治郎——"

　　就在这时——

　　像是要回应东堂先生的呼唤，古池里"咚"的一声溅起水花。

　　好像有什么东西掉到池子里了。我们惊讶地向后退。

　　"是陨石？"东堂先生说。

　　无视我们的惊讶，陨石般的神奇物体一个接一个落下，池中水花四溅。从黑暗的夜空落下的陨石在池畔街灯的照耀下，瞬间闪现或红、或白、或黑、或金的美丽光芒，接着溅起一片水花。

　　我和东堂先生呆呆地望着天空。

　　深蓝的夜空飘浮着棉絮一样的淡淡云朵。一把金粒撒在其间，以迅雷不及掩耳之势向这边靠近。我们起初以为那是飞上天空的鸟群，可结果——

是一群鲤鱼！

鲤鱼在空中活泼地扭动身子，在灯光下发出耀眼的金色光芒，我甚至可以看清每条鱼的鱼鳍和鱼鳞。

东堂先生为了保护我，压在了我身上。那一瞬间，锦鲤一齐落入水池。仿佛一阵疾风吹过，古池四周的竹丛发出沙沙声，水花剧烈四溅，腾起一股烟雾。锦鲤落下之际，李白先生的三层电车就像在铁路上奔驰一般，发出咣当咣当的声响。

当水花不再飞溅，东堂先生向池里窥望。

"哎呀，竟然有这种事？不可能！"他像是生气一样向空中挥起拳头，"别耍我！"

"怎么了？"

"这是我的鲤鱼啊！我的鲤鱼回来了！"说着他抱住我，居然想亲我！真是厚颜无耻！

我觉得，应该忠实地遵守我敬爱的姐姐说过的话。

因此，我挥舞着充满爱意的朋友之拳，将东堂先生也一并送入池中。

恋恋不舍的我又出现了。

虽然我为了追随她钻进李白老先生的电车，却没有一鼓作气去她身旁，反而被酒品恶俗的旧书店老板纠缠，被灌了酒。

在心情烦闷地大醉之际，我得知是李白老先生抢了我的裤子，也知道是叫樋口的男人厚脸皮地穿上了它，却连追问的力气都没有了。

我亲眼见证了她的胜利，试图去和她搭讪，可忽然醉得一阵恶心，于是慌忙逃到车顶。我藏在竹丛的阴暗处，眺望着水边的萤火虫，想把堵在胸口之物都吐出来。

那时，她和东堂也来到屋顶，开始在水池对岸扑萤。

东堂向她滔滔不绝地倾诉对飞走的锦鲤的爱。锦鲤乘着龙卷风飞走，鬼才相信这种话！只有她才会眼泪汪汪地听他的鬼话吧，东堂那家伙，不要太自以为是了！

她就在眼前。要是此时不出手，怕是再无良机。我用池水漱好口，准备来到心仪已久的她面前。

我跌跌撞撞地出了竹丛，深深地吸了一口气，望向黑暗的夜空。

当我发觉天上似乎落下了什么奇怪的东西时，一切为时已晚。在街灯的照耀下，那奇怪之物如撒落的金粉般闪闪发光。因为忽然之间，我的头部遭受重重一击，摔倒在地。

天旋地转。我一边呻吟着"请勿倒置"，一边爬进矮竹丛，应该有人表扬表扬我才是。

终于，闪闪发光的锦鲤一齐降入古池，溅起层层水花，将可怜的我浇成了落汤鸡。但即便如此，我也没有放弃。

看到东堂大叫着"我的鲤鱼回来了"抱住她，我不禁怒从心起，一种使命感油然而生。

经历了漫长而徒然的路途，终于有好运降临。只要将她从东堂的魔掌中解救出来，显示我的有用之处，就能和她亲热地说上几句了。这可是千载难逢的良机。我平日不知何时积攒的善行终于奏效了。

我握紧拳头，但那铁拳瞬间变成了无用之物。

因为她冷静地挥舞着拳头，将东堂打入池中。

看透神明诡计的我痛恨自己的无能，在古池边仰起头试图向老天吐口水。忽然，她的脸出现在我面前。短而整齐的黑发微湿，在街灯下发着光。不知是不是喝了伪电气白兰的缘故，她美丽的双眼微微湿润，一动不动地盯着我。

"你没事吧？"她问道。

我呻吟着说没事。

"下面有医生，我去叫。千万别勉强啊。"

我发觉她握拳的方式很奇怪，便模仿了一下，她轻轻地笑了。那是夜晚之神与伪电气白兰赋予的、具备了真善美的微笑。

"这个啊，是朋友之拳。"

我看着那只像豆馅团子一样的拳头，不一会儿就醉得不省人事了。

我终究没能登上主角宝座，只落得充当路边石子的结局。苦涩的记录在这里就结束了。我把眼泪咽了下去。别了，读者诸贤。

🍎

学长被空中落下的鲤鱼砸中头部，被送到李白先生的书斋，接受内田医生的治疗。

虽然和学长在同一个社团，却记不住他的名字，实在惭愧。今晚我也没有和他说过话，但我准备在下次见面时叫出他的名字，一起聊聊这个热闹的夜晚。

确认学长没事后，我蹑手蹑脚地走下电车，站在先斗町冷冰冰的石板路上。天空依然昏暗，但已近天明。作为有礼貌懂规矩的少女，我必须在天亮之前钻进被窝。

李白先生的三层电车像魔法箱一样盖过了先斗町的黑暗，闪闪发光。

其他人应该在宴会结束前继续喧哗作乐吧。东堂先生应该正在车顶的古池那里，身边围绕着他心爱的鲤鱼，喜不自禁吧。

忽然，我意识到李白先生正透过电车二层的玻璃窗向这边看。我向他点头致意，他像是在说"干杯"，向空中举起银色杯子。

这动作就像暗号，三层电车无声无息地开走了。

喧闹明亮的光芒消失在先斗町南面，我目送它远去。

终于，周围暗淡下来，只剩我一人。

🍎

我在黑暗的先斗町的石板路上迈开步子。

为什么要踏上这样的夜之旅呢？那时我也不清楚。是因为在这个有趣的夜晚获益良多，还是我自以为获益良多呢？

不过，这些都无所谓了。像鹰嘴豆一样渺小的我要面向前方，迈向美好和谐的人生之路。

我骄傲地望向清冷的天空，回忆起和李白先生推杯换盏时他说的话，忽然心情大好，想把那句护身符般的话吟诵出来。

于是，我喃喃低语：

"春宵苦短，少女前进吧。"

深海的鱼群

我和旧书市犯冲。

如果在旧书市徘徊太久，一定会偏头痛，变得悲观、自虐、心跳加速、气喘吁吁，最终引发自体中毒。就算回到住处，也会梦见自己被玲珑有致的美女绑在手术台上，被迫吃掉裁好的平凡社版《世界大百科词典》。

所以，一到举办旧书市的季节，我肯定烦闷不已。因此暗下决心，今年绝对不去。

然而，到了最后关头，我却陷入了不得不去的境地——她说她要去。

她是我大学社团的学妹，也是我的暗恋对象。

　　旧书市开放的前一天，据可靠人士提供情报，那位黑发少女明天要去旧书市。听到这消息，我脑中立刻浮现出一个堪称天启的妙计——

　　在旧书市徘徊的她发现了一本书，惊喜万分地伸出手，不料同时又有一只手伸过去。她抬起头，发现站在面前的人正是我！我绅士地、毫不吝啬地将书让给她，她应该会礼貌地向我道谢吧，那时我将立即回以优雅的微笑，进而发出邀请："怎么样，要不要去那边的小店喝杯清凉的柠檬汽水？"

　　聒噪的蝉声里，我和她悠闲地喝着饮料，谈论在旧书市的收获，不知不觉滋生出对彼此的信赖。随后，只要我运用老天赋予的聪明才智，事情就会变得异常简单。一切都自然而然地按照我描绘的过程进行，结局就是我和黑发少女共同踏入玫瑰色的校园生活。

　　这光明的计划真如行云流水，发展过程自然而精彩。待到成功之日，我和她必定会谈起："说起来，起因便是我们都伸手去拿那本书啊。"

　　我那横冲直撞的浪漫引擎无法熄火，此般厚颜无耻，终于让鼻血喷薄而出。

　　知耻而后死。

　　然而，我却无视内心的礼节之声。

因为在当今堕落至极的大学里，即便遇事知耻，常守礼节，也不会得到任何回报。

京都，下鸭神社的参道。

宽阔的参道穿过古老的樟木和朴树林立的纠之森延伸开去。正逢盂兰盆节假期，蝉声不绝于耳。

参道西侧骑射用的马场里，弥漫着异样的气息。那里人应该很多，却毫不喧闹，只有顾忌周围般的私语声，宛如妖怪的聚会。走过从神社门旁净手池流淌而下的小河，可以看见南北纵向延伸的马场中排列着几顶白色帐篷，人们在缝隙中穿行往来。虽然是在林中，仍有人难挨酷暑，边走边用毛巾擦汗。他们一处不漏地从一顶帐篷走进另一顶帐篷，眼中闪着异样的光芒，不停地挑选木箱里塞的脏兮兮的东西，丝毫不觉厌倦。

飘扬的蓝色旗帜上，写着"下鸭纳凉旧书市"几个大字。

过了晌午，我向纠之森出发了。

在旧书市逛了一阵，我很快变得疲惫不堪。走啊走啊，看到的全是旧书，唯独不见我的意中人。现在还是盛夏，天气异常闷热。闲极无聊，我开始反复练习伸手和她拿同一本书的动作，独自一遍遍钻研。但一想到就算熟练地掌握了这门技艺，在其他地方也用不上，就不禁对自己生出怒气。

无边无际的书海包围着不倒翁一样气鼓鼓的我。它们说："喂，朋友，读读我们，稍微变得聪明一点怎么样？"然而，我已经厌倦了将希望寄托在它们身上。读书尚未破万卷，又不能弃书入街市……纠结在读与不读之间，传说中的爱情游戏便到了远山的那一边了，原本纯洁的灵魂将沾满尘埃与屈辱，应该浪费的青春还是照例浪费了。

旧书市之神啊，在赐予知识之前，请先赐予我爱情吧。

赐予我爱情之后，再赐予我知识吧。

马场正中央，有一条供人休息的长凳，上面铺着毛毡。我坐在上面擦汗，抬起头追寻没有旧书气味的新鲜空气，一眼望见了树梢上方蔚蓝的夏日天空。

我茫然地望着广场上来来往往的人群，发现其中有邋里邋遢的大叔，也有一本正经的大学生，有洋溢着艺术院校气息的美女大学生，也有蓄着仙人胡须的老爷爷，还有用满是汗水的手相互牵着的年轻男女。大家都在四处看旧书。真是痛苦的夏天。

我忽然吃了一惊。

一家旧书店前面，有个娇小的女孩目不转睛地盯着手中的文库本，背影和我的她十分相似，一头为了迎接夏季而剪短的黑发富有光泽。从她加入社团以来，我已经追随她的身影足足几个月了，在与她的背影相关的事情上，可以说我就是权威。既然连我都觉得像，那一定是她！

我干劲儿十足地站起身，正准备冲出去，不料撞上了一个迎面走来的孩子。

孩子被撞得东倒西歪，骨碌碌转了几圈，一屁股坐在地上。我也被撞得差点倒地，于是咂了咂嘴，瞪着挡人恋爱之路的他。这是个小学高年级模样的少年。他没有作声，美得吓人的大眼睛中蓄满了泪水，视线投向我的胸部。我低头一看，他舔过的冰激凌的残骸正粘在我的衬衫上。

"浑蛋，你怎么赔偿我？"我呻吟道，"黏糊糊的。"

"抱怨之前，是不是应该先向我道歉？"少年掸了掸身上的沙子，用有大人风范的沙哑声音说道，"你破坏了别人的乐趣，却连道歉也不会？"

接着，他高傲地指着粘在我衣服上的冰激凌，说："赔给我！"

我被那不由分说的魄力震得哑口无言。

少年抓住我的手腕，要拖我到小卖部去。

"等等，等等，你多大了？"

"刚满十岁。怎么了？"

"知道了，对不起。"我向他道歉，"我会赔你的，你别拽我。"

那降临到旧书市、俘获她芳心的玫瑰色未来离我远去了。

她手捧文库本专心地阅读，那模样魅力无穷，自然是因为她迷上了那本书。恋爱中的少女是美丽的。可是，脏乎乎的旧书欺骗了她的爱之后，究竟准备干什么？那不过是些旧纸啊，我愤慨不已。

我射出足以将她后脑勺烧焦的炽热视线，内心呼喊道：

要是有读那家伙的时间，还不如读读我呢！我身上写着很多有趣的事哦！

🍎

请允许我诚惶诚恐地解释一下。那时，我忘情地读的是杰拉尔德·达雷尔[1]的《桃金娘森林宝藏》。

那天是我第一次去旧书市，值得纪念。

我不会忘记踏入下鸭神社的森林，沐浴着阵雨般的蝉声，见到一望无际的旧书洪流时的感动。一想到能在这旧书的海洋中与无数美好的书相逢，我就激动得浑身颤抖，想挺起腰板。在旧书市的入口，我迈起双足步行机器人的步伐来表达喜悦与干劲儿。

南北向的马场两侧有许多旧书店，让人眼花缭乱。右边的旧书店老板一喊"这边有有趣的书哦"，左边的旧书店老板便喊"我们这边的书更有趣啊"。我像是被可口的水召唤到琵琶湖水道的萤火虫，不知如何是好。这也想看，那也想看，只能静下心来统统全看了。

接着，我便遇见了《桃金娘森林宝藏》。

它在一百日元一本的文库本书架中，仿佛自己探出头一般呼唤我。"啊嗯。"难怪我发出得意而又性感的叹息，将它拿

---

[1] 英国著名作家、杰出动物保护者，著有自传体三部曲《追逐阳光之岛》《桃金娘森林宝藏》《众神的花园》等作品。

入手中。我一刻都没有忘记过这本书。上中学时，我读过一本叫《追逐阳光之岛》的无比有趣的书，知道了杰拉尔德·达雷尔这个人。几年前我偶然听说这本书出了续篇，但人生初次踏入旧书市就遇到要找的书，只能说是侥幸。更何况从中学时代就想要的书居然只要一百日元！这对囊中羞涩的穷学生来说简直是难能可贵。万岁！难道这就是所谓的"新手运气"？还是说我有逛旧书市的才能？我的心情越发高涨。

我喜不自胜，脸上浮现出连自己都觉得诡异的表情。走着走着，一个身穿浴衣坐在马场中央长凳上的男人"哎"了一声，向我打招呼。他将当天的收获堆在毛毡上，悠然地用手巾擦拭脖子，一副沉醉于胜利美酒中的模样。在他身旁有位三十过半、撑着遮阳伞的和服女子，正在默默阅读织田作之助全集中的某一本。

"樋口先生，好久不见。"我低头致意。

樋口先生微笑着说："那个夜晚以后就再也没见过啊。还好吗？又有喝酒吗？"

"谢谢您的关心，我很好。但一直都没有什么可以喝酒的机会。"

"那下次一起喝吧。羽贯也很想见你。"

"羽贯小姐今天没有来吗？"

"她讨厌旧书，觉得收藏这种脏乎乎的东西的人都是白痴。"

与樋口先生是在夜晚的木屋町相识的。

那一夜，他和羽贯小姐领我度过了一个有趣的夜晚。说起怎样才能充分体验夜之街道的不可思议，我从他们俩那里学到的可不是一星半点。虽然一起喝了很多酒，也聊了许多话，可樋口先生究竟是何方神圣，我依然一无所知，也不知道他为何总是穿着浴衣。

"我请你吃炒荞麦面。"樋口先生站起身。

"怎么能让您请我吃饭……"

"是吧？我请人吃饭的频率是四分之一个世纪一次，不过今天没关系，因为我有所收获。"

樋口先生得意地给我看了几本书。

书的色调令人怀念，让人想起祖母家的起居室。那是四本装帧相同的书，上面写着《贾斯汀》《巴萨泽》等谜一样的书名。原来是劳伦斯·达雷尔[1]的小说《亚历山大四重奏》啊，是与我无缘的散发着"文学"气息的书。我越发尊敬樋口先生了。他那将无用发挥到极致的生活方式、经过千锤百炼的韬光养晦的人生哲学，证明他是个教养良好的人。对，就是这样。

可是，樋口先生却放言说对这类书毫无兴趣，也不知道里面写了什么。

"有个认识的人想要这些书，所以我想卖他个高价。而且今天还有其他赚钱的差事。你放心地跟着我好了。"

樋口先生将书用包袱包好，走在前面。

"喂，你知道吗，仅仅是一捆沾了墨水的纸，就有人特意出大价钱买走哦。"他似乎十分感慨，"书真是可贵之物。"

---

[1] 英国著名作家，杰拉尔德·达雷尔的哥哥。

就这样，我们一直走到马场南端的小卖部。途中我看到了社团里一位学长的身影。他一脸消沉地向马场的另一边，也就是北面走去，同行的是个像女孩子一样可爱的少年。少年一边舔着冰激凌，一边死死拽着学长的衬衫下摆。

"是他的弟弟吧。"

我目送学长远去，朝着炒面前进。

我可不能被这个惹人厌的家伙牵着到处走。

"已经给你买冰激凌了，你该满意了吧？快去别的地方吧。"

"我不！"

"喂，别拽我的衬衫。"

"何必这样无情？"

"这是什么口气？为什么说话像老头子一样？"

"因为我的心理年龄格外大，比你的还大哦。"

"你对年长的人要有礼貌！我就是因为这一点才讨厌小鬼。"

"那你就是厌恶同类。"

我停下脚步，像歌舞伎表演一样回头瞪向那个少年，但他不为所动。

马场上，这个瘦削的少年孤零零地站着，一只手塞进短裤的裤兜，另一只手拿着冰激凌。他忽然伸出舌头，恶作剧般边舔边抬起头直直地看我，柔软的栗色头发随着热风飘动。他长着一双美丽的大眼睛，睫毛长得一眨眼就像要起风了一般，若是不张开那讲话像老头子一样令人憎恶的嘴，看起来简直像个女孩子。

我迈出步子。

"随便你怎么说，别跟过来！我可是很忙的。"

"越是说自己忙的人越闲。因为太闲，有了罪恶感，所以才大肆宣称自己很忙。本来嘛，真正忙的人怎么会在旧书市闲逛呢？这本来就不符合常理。"

"你到底还是太嫩了，小鬼。"

我对他的话一笑置之。

"忙中有闲，闲中有忙。可能在你这样的小孩眼里，我是在闲逛，但越是在这种时刻，我思维运转得越快。你见到的只是台风眼罢了。"

"骗人！这话你是刚想出来的吧？"

"你给我闭嘴！要时常留意周围，一根针掉到地上都不要放过。精神要是不能这样高度集中，就没办法在混乱至极的旧书市找到宝贝。像过家家一样可是会受伤的。"

"你要找的不是书吧？"少年嘲笑我，"是女人。"

"别说傻话！"我斥责道，"还有，你还是小孩，怎么能如此轻率地说出'女人'两个字？至少要说姐姐！"

"你要找的是一个黑色短发、身形娇小的人吧，皮肤很白……"

我回头抓住少年的肩膀，他那纤弱的身体像被操纵的人偶一样摇晃，然而眼神一点也没变。好可怕的孩子！

我压低声音问："哎，你怎么知道的？"

"你撞我的时候，不正在用炽热的目光毫不知耻地望着那个站在商店门前的女孩嘛。谁要是看不出来才是白痴。"

我放开少年的肩膀，帮他整理衣服的褶皱。

"了不起的家伙。"我说，"我是在表扬你，你快表示一下感激之情。"

"我可不觉得感激。"少年说着，大口咬碎冰激凌的圆筒。马场上空，鸟儿张开巨大的翅膀，身影自北向南划过。

忽然，一个巨大的影子从头上掠过。可能是鸟吧。

樋口先生品尝着炒面，我思考着与书的种种偶遇。

比如与自己一直在寻找的书相遇，或是正想着的那本书忽然出现在眼前，或是买回的几本内容毫无关联的书中，发现有一个章节写着同样的事件和人物。再夸张一点，听说也有以前卖掉的书在旧书店几经辗转，又回到自己手中的事。

就这样，许多书被卖掉，又被买入，流传在世间。有这样的巧合也很正常。我们无意间选择了与书相遇，或者说我们认为是巧合，其实只是没有看见错综复杂的因果之线而已。我很清楚这一点，可是与书偶然相逢时，还是感觉到某种宿命。我是愿意相信命运的人。

吃炒面吃得饱饱的，我抚摩着《桃金娘森林宝藏》，把自己的想法告诉樋口先生。

"这些不可思议的事全都是神仙做的。"樋口先生若无其事地说，"你知道旧书市之神吗？"

"不知道，头一次听说。"

"旧书市之神负责管理旧书世界里发生的所有不可思议之事。帮人与心仪的书幸福相遇，斡旋于因旧书而建立关系的男女之间，为旧书店安排戏剧化的大买卖。身经百战的收藏家们都在自家的神龛上供奉这位神明，日夜不断祈祷。月初，诵祷文、供奉旧书。然后当晚还要在神前召开大型宴会兼读书会，整夜一边畅读旧书，一边品尝美食。收藏家无论多忙，都不能怠慢这种仪式。因为旧书市之神能为收藏家与心仪的书牵线，也能降下惩罚。"

"那究竟是什么样的惩罚……"我哆嗦了一下。

"蔑视神明的收藏家，书库中的书有一天会忽然消失——是旧书市之神将书夺去了。"

"太恐怖了。"

樋口先生得意地怪笑道："据说旧书市之神会化成各种人物现身，没人知道他真实的模样。有时是四方脸的眼镜男，有时是老学究，有时是文雅的和服美人，有时是青春年少的美少年，有时是不知为何穿着褪色浴衣、年龄不详的男人，有时是黑发少女……神明化成这种种模样降临旧书市，混在喜欢旧书的人中，去各家书店拜访，悄悄地将意想不到的贵重旧书放在书架上便离去。不管怎么说，这是神仙做的事，旧书店老板也不会发现店里多了书。而那多出来的书就是从不听话的收藏家那里抢来的。"

我想起在家中偷偷攒下的书。自己还没有向旧书市之神祈祷过，于是慌忙双手合十，"南无南无"地祈祷起来。这是我独创的万能祈祷法，从读绘本的幼年时代起便一直使用。

"是啊，要赶快祈祷才行。南无南无！"

"南无南无！"

"出版的书就是让人买的。当买的人终于放手，将书交给下一个人的时候，书就获得新生。书就是这样几经新生，将人与人联系在一起。正因如此，神仙有时才会无情地将旧书解放到世上。轻率冒失的收藏家应该畏惧才是。"

樋口先生简直就像降临在毛毡上的神仙，面朝夏日的天空哈哈大笑。

接着，他抬头看了看天。

"天有点暗了啊。"

∞

刚才还晴空万里的夏日天空开始阴晴不定。

深灰色棉絮般的云朵从树梢后探出头来，天气越发闷热。我觉得雷阵雨可能要来临，感觉有些焦躁。照这样下去，还没找到她，我就被雨水和眼泪淋湿了。

我一向以辨别她背影的权威自居，之所以没有发挥本领，全是紧跟着我的少年所致。这明摆着是侵害了上天公平赋予每个人的追求心仪的黑发少女的权利。

我正准备发挥能力搜索她，那少年便用装模作样的口吻说："哦，想找你的意中人啊？"废话！愤怒之余，我觉得"意中人"这个说法十分典雅，很不错。

　　"如果不是找意中人，"少年拽着我的衬衫问，"你又是在找什么书？"

　　"你真烦。超学术超难的书。小孩子不懂。"

　　"《日本政治思想史》，还是《查拉图斯特拉如是说》，还是《逻辑哲学论考》？是这种又可怕又让人敬畏的书吗？"

　　"你居然能不咬舌头就说出查拉、图、斯、特拉啊。"我惊讶地说，"为什么你小小年纪竟知道这些？"

　　"因为我什么都知道呀。"

　　明明是只有可爱这一点可取的小孩子，我却为他的博闻强识震惊。无论我手里拿着什么样的书，他都无所不知，我的自尊心在夏日晴空下被践踏得粉碎。

　　南北向的马场上，每家旧书店都圈出自己的大本营，四周立着书架，宛如旧书的城堡。赤尾照文堂、井上书店、临川书店、三密堂书店、菊雄书店、绿雨堂书店、荻书房、紫阳书院、悠南书房……各家书店紧挨在一起。马场上书架遍布，根本无从判断从哪里到哪里是哪家书店的领地，给人混沌可怕之感。书架深处的树荫和帐篷下，放置着小桌椅，书店老板和工读生模样的人正翘首期待客人到来。

　　能开拓新天地、荣耀我此生的天赐良书究竟藏在何处？望着数万册书的书脊，我又开始被妄想搞得痛苦不已。书仿佛叫出声来："你小子不是连我都还没读过吗？你这个蠢货！""读读有骨气的书，稍微锻造一下灵魂吧！比如我！""只要看了我，所有的东西你都能信手拈来，比如知识、才能、毅力、气概、品德、领导力、体力、健康，还有光泽的肌肤。若是你想要酒池肉林，也可以满足你。什么？不要酒池？那什么都行，总之先读了我再说！"

"大哥哥，还是不要勉强比较好。"少年倚在放着文库本的书架上说，"其实不读这类可怕的书也挺好的。别那么拼命，享受一期一会吧。"

"你安慰我也没用！"

"不是还有很多有趣的书嘛。'少年易老学难成'说的就是这个道理。"

"你别说这种话！"

"正因为是我，才会这么说。"少年说着，扬起一抹浅浅的笑。

🍎

"有人说，想把迄今为止读过的书按顺序都摆在书架上。不知道是谁写的，我好像以前读到过。你有没有这种想法？"

樋口先生边走边说：

"我不怎么读书，就算摆也摆不了多少……"

我回想起读过的各种书来。最近读过奥斯卡·王尔德的《道林·格雷的画像》，还有玛格丽特·米歇尔的《飘》、谷崎润一郎的《细雪》、圆地文子的《生神子物语》、山本周五郎的《日本妇道记》。荻尾望都、大岛弓子、川原泉等作家我也一直记得。要是追溯到小学时代，我还能想起各种儿童文学读物，比如罗尔德·达尔的《玛蒂尔达》、艾利克·卡斯特纳的《埃米尔捕盗记》和《会飞的教室》、C.S. 刘易斯的《纳尼亚传奇》、刘易斯·卡罗尔的《爱丽丝漫游奇境》。要是再往前想的话——

我想起了"拉达达达姆"这几个字。

对，《拉达达达姆》!

遇见这本如宝石般美丽的绘本时，我还像鹰嘴豆一样幼小，还不能作为文明人分辨是非，还是将一日元的邮票偷偷贴在自家衣柜上、全心全意干坏事的年纪。小时候我是个坏小孩。

《拉达达达姆：小小火车头的奇妙旅程》讲了一个叫马蒂·豪斯的小男孩制作了一个小小的纯白火车头，后来它追赶着外出旅行的马蒂·豪斯，展开了一段神秘冒险的故事。插图非常美丽，富有想象力，当时我看得十分痴迷，也想去有那种风景的地方看看。我的想象从那些跨页插图的一角开始无止境地蔓延开去，真是看几遍都不会腻。

和樋口先生说着这番话，我开始怀念那已经不在身边的绘本，感到痛苦不已。

"怎么会没了呢？！"

我感叹道。

将曾经那样喜欢的书丢在一边，被后来遇见的各种各样的书迷惑了双眼，是我冷落了有恩于我的绘本。我甚至还在书上写了自己的名字！我这个不知羞耻的负心人！

遵照樋口先生的建议，我们向马场北部的绘本角走去。

"某某书店的老板，某某书店的老板，请来总部一趟。"扩音器里传出的声音让旧书市疲乏的空气为之一振。

听到扩音器传出的播报声时，我正在马场西侧的一排旧书店徘徊。

正发着呆，不料却被一位跑过来的西装老人撞开。我心头火起，去追赶那个身影，只见他快步跑进一家奇怪的旧书店。那家店没有名字，巨大的书架围在帐篷的四周，看起来十分昏暗，令人却步。里面也没有客人。

我试图从狭窄的入口向内窥视，那个少年说："我讨厌这里。大哥哥，别进去了。你看，这里有种令人讨厌的味道。"

"那你去别的地方，我进去。"

"喊，你这个坏心眼的家伙。"

少年果然还是没有进去。他先是在外面向阳的地方站了一会儿，最后不高兴地转身离去。

旧书店被书架隔成两条通道，向里延伸。

收银台旁，戴墨镜的店主和一位白发蓬乱的老人在高声争吵。

"你再等一段时间。"墨镜店主托着腮，冷冷地说道。

"能不能先让我看看实物？"老人越说越激动。

店主摇了摇头。老人似乎想用手里的黑色小记事本打他。

"就算你这么做也没用。"店主平静地说。

虽然不知道他们在吵什么，但一定是可怕的事。我一边想，一边窥视。老人许是注意到了我的视线，向我投来"你这家伙在干什么"的怒视。

"算了。唉，那我再等一阵子。"

老人说着，像风一样穿过通道，出去了。

我原以为书店里只有两条通道，没想到收银台旁边还有一条向右延伸的通道。

一般的书店是在帐篷四周摆放书架，但这家不同，书架把摊位搭得像建筑一般。两排高高的书架隔出从收银台向里延伸的通道，上面架着三合板当作天花板。天花板上垂下一盏无罩的电灯，让这满是书籍的通道看起来越发像神秘的迷宫入口。通道向左拐去，再往深处就看不见了。莫非尽头是不能在人前道来、令人目眩的猥亵世界？

我擦了一下额头的汗水。

"先生，再往前走就更热了，还是不进去的好啊。"

墨镜店主盯着书店的入口处说。他说话的时候没有看我，让人觉得有些异样。

"你不想死于中暑吧？！"

他忽然狂笑不止。

🍎

时过午后三点。太阳西斜，天气变得闷热起来。

我在绘本区找到了很多令人怀念的绘本，却没有发现《拉达达达姆》的身影。那样美好的绘本应该没有人卖到旧书店吧。一想就觉得轻易将书丢失的自己罪孽深重。我在心里喊道，你这个大笨蛋！

也许是看我和樋口先生拼命看绘本书脊的样子很有趣，一位可爱的少年和我搭话："大姐姐，你在找什么？"

定睛一看，是刚才跟在学长后面的孩子，近看更觉得可爱得让人着迷。四周不见学长的身影，这么说，刚才将他认成学长的弟弟，是我误会了。

"是一本关于叫作'拉达达达姆'的小火车的书。"

少年说："我见过这本书。小马蒂耶斯也在里面，对吧？"

"对对！"我兴奋地叫起来，"你在哪儿见到的？"

"以前我家有一本。不过现在没了，被一个坏家伙抢走了。没准儿这里也有，我陪你一起找吧。"

"那真是太感谢了。"

于是，我开始和那位少年一起寻找《拉达达达姆》，可怎么也找不到。

我正垂头丧气，樋口先生说："还有一个办法。拜托旧书店找就可以了。我们去问问峨眉书房的老板。"

"能找到吗？"

"他们一定会尽力帮忙的，好好期待吧。"樋口先生胸有成竹地说，"那个老头对黑发少女特别好。虽然差劲透顶，但这种时候倒是挺方便的。"

我想向一起找绘本的少年表示感谢，可左看右看都不见他的踪影。真是幻影一般的少年啊。

我并没有接受那个少年的建议，还是决定放弃找出旧书市中隐藏的那本光荣之书的打算，只看熟悉的东西。

　　心情似乎比刚才愉快了。正穿梭于书架之间，那个少年又出现了。

　　"我从小孩子该逛的绘本区回来了。你要是也一起去就好了，你的意中人也在哦。"

　　"什么？"

　　"她在找一本叫《拉达达达姆》的书。"

　　"喊，我才不吃你这套！"我说，"什么书名啊，那么奇怪。有那种书？"

　　"是真的。"

　　"求你去别的地方吧。为什么总跟在我屁股后面？"

　　"只是我要去的地方你碰巧也在罢了。别那么介意嘛。"

　　我无视他，开始物色书。

　　先是找到了威廉·S.巴林-古尔德作了庞杂注释的《夏洛克·福尔摩斯全集》，接着发现了儒勒·凡尔纳的《桑道夫伯爵》。刚发现一套大仲马的《基督山伯爵》，就惊讶地看到了大正时代出版的黑岩泪香的《岩窟王》华丽塑封本。哗啦哗啦地翻着山田风太郎的《战中派黑市日记》，又看见横沟正史的《藏中·鬼火》（封面图有点可怕），接着便见到蔷薇十字社出版的渡边温《雌雄同体之裔》被恭恭敬敬地供在书架上。我在"五百日元三本区"发现了已经不全的新版《谷崎润一郎全集》，站着读了会儿；又在同一个地方发现了也已经不全的新版《芥川龙之介全集》，又读了一阵。最后见到了福武书店的《新编内田百闲全集》，这足以让人止步，可我依然没有打开钱包，而是看起了三岛由纪夫的《作家论》，又开始读太宰治的《御伽草纸》。

读着太宰治的文章，我想起寄宿处有去东北旅行时在斜阳馆[1]买的彩纸，也想起了上面写的"爱上了，有错吗？"[2]。还想起高中时代满是耻辱的初恋，继而又想起自己精疲力竭地在旧书市乱转的根本原因。这着实重创了本是身经百战、抗打击能力超强的我。

我再次来到马场中央的休息区，打算放松双脚和心灵。

那个少年坐在我身旁，手里把玩着一捆一捆的纸片。每张纸片上都写着价格和店名，似乎是旧书上的价签。

"喂，你在干什么？会被旧书店的大叔发现的。"

"不劳你费心。这些一会儿会派上用场。"

少年将纸片细心地分类，像洗牌一样。

我叹了口气，趁少年沉迷于恶习，寻找她的身影。

没有找到，我把视线停在了几个与众不同的人身上。

首先引起注意的，是坐在旁边长凳上身着和服的美人。和

---

[1] 太宰治纪念馆，位于青森县五所川原市。

[2] 源自太宰治改写的《咔嚓咔嚓山》（カチカチ山，原为日本民间故事），描写狸猫（中年男子）爱上冷酷的白兔（美少女）后，惨遭白兔折磨的故事。"爱上了，有错吗？"是狸猫临死前喊出的最后一句话。

服固然引人注目，但打着遮阳伞端坐、埋头阅读织田作之助全集的模样也是一道奇异的风景。她能不能分清自己在做什么，是评价她的分水岭。

坐在那位女士旁边的，是一位白发蓬乱、瘦削如鹤的老人。他聚精会神地盯着黑色的笔记本，鼻尖都要触到上面了，仿佛要吃掉它一般。难道他就是传说中著名的旧书之鬼？

休息区旁边站着一名矮个子学生。他四方形的脸上戴着四方形黑框眼镜，脚下似乎很沉的硬铝箱也是四方形的。看来"有棱角"就是他的信条。令人惊奇的是，他在专心阅读电车时刻表。

我迷迷糊糊地展开想象。

夏日的旧书市看起来平静懒散。然而水面之下，大规模旧书盗窃团伙正准备实施计划。那位端坐着阅读织田作之助全集的妇人是团伙首领，手拿写满暗号的黑色笔记本、一心进行最终确认的老人是参谋，而在硬铝箱里放着整套看家工具的方脸男其实是一手掌握开锁和伪造旧书等特殊技能的技术专家（兼铁道迷）。人人为我，我为人人。

他们的目的只有一个——

🍎

——将旧书从阴险毒辣的收藏家手中解放出来。

听樋口先生如此宣告，峨眉书房的老板咯咯地笑了起来："原来如此。"

老板怕是年过六旬，几乎没有头发了，头顶一闪一闪泛着光。他将毛巾搭在肩上，不时擦拭头部，可无论怎么擦，汗还是不断从脑袋上涌出。真是不可思议的景象。

老板忽然转向我，我正在观赏他的头，慌忙移开视线。

"小姑娘，可千万不能将这样的话信以为真。"他说，"什么旧书市之神，我听都没听说过。"

"收藏家们不是每月月初都供奉旧书，召开盛大宴会吗？"我问。

"哎呀，要是真的，那可有意思了。"老板苦笑着说，"喂，樋口，作弄人也要适可而止。"

"我可没作弄人，我发誓是真的。"

"从你嘴里说出来的没有真话。"

现在，我们正在马场尽头峨眉书房的摊位上。

刚才老板和夫人都在被书架包围的摊位上收款。我和樋口先生一露脸，老板便将工作交给打工的大学生，自己出来将我们领到店铺背后的树林深处。那里放着小桌椅，罐子里的蚊香烟雾轻轻飘荡，成了最适合举办午后茶会的"林中隐合"。

我拜托老板帮忙找这本《拉达达达姆》，他爽快地答应了。

然后，三个人一起喝茶聊天，樋口先生提到了旧书市之神的话题，于是引出上面的对话。

老板听了似乎觉得很好笑，微笑着从暖瓶倒出茶水，咕嘟咕嘟一饮而尽。

"从收藏家手中解放出来。哎呀，对收藏家来说，旧书市之神可真是多管闲事。我们倒是求之不得……但要是那位神仙也去了今天的拍卖会，可不得了。"

"我要是神仙，就要去惩罚李白先生。"

"别开玩笑了。"老板瞪着樋口先生说。

据老板解释，今天在旧书市一角要举行个人拍卖会。主办人是李白先生。我和他因酒打过一次交道。他外表看起来是位慈祥的老爷爷，其实是个超级富翁，但听说他更是一个无情无义、穷凶极恶的高利贷商人。

拍卖品是李白先生从借债人那里夺来据为己有的收藏物。这个拍卖会可以说不是金钱的交易，而是性命的交易，是一场以恶对恶的较量，若非身经百战，便无法得到所求之书。相应地，李白先生会保证拍卖品的质量，据说价值都非同小可。

老板放低声音说："老实说，我对古籍不太懂，但听说这次要拍卖很不得了的书。就近代而言，有岸田刘生住在冈崎时遗失的日记。要不是李白先生这么说了，我是不会相信的。"

"搞到那本日记就行了？"

"拜托了。如果是你，应该会赢。"

旧书店不能参加这次秘密拍卖会。于是樋口先生接受了峨眉书房老板的秘密委托，准备参加。他之前说的"赚钱的活儿"就是指这个。

"在那个拍卖会上要做什么？"

老板歪了歪一侧的脸颊，笑了。四周的光线更暗了，仿佛已是黄昏。坐在树荫下的店主笑容中透着可怕之意。

"没有人能提前知道会上要做什么。只有在李白先生规定的考验中胜出，才有权利得到一本书。但那可不简单。挑战者在超乎想象的考验面前会尊严尽失，拜倒在地。李白先生则用这等景色作为佳肴，饮酒消遣……"

这时，头顶的树叶开始沙沙作响，忽然"哗"的一声，马场一下被白烟笼罩。

"哇！来了！"

老板从椅子上跳起来，为保护商品飞奔而去。

所幸的是我们坐在一棵大樟树下，没有被雨浇到。我与樋口先生悠闲地坐着，继续开茶会。樋口先生点起烟来。

之前一直充斥在周围的闷热顿时减轻不少，一种令人怀念的甜甜的雨水味道弥漫在周围。我想起了这样的下雨天里在老家的走廊上看绘本的事。

我嗅着雨水甜甜的味道，站在旧书店的帐篷下。旁边还是那个少年。忽然降下的雨让周围一阵慌乱，现在骚动终于告一段落。西面的天空已经放晴，我猜一会儿就要晴天了。

我在帐篷下四处张望，发现完全不顾下雨、坚持选书的人不在少数。尤其令人惊讶的是刚才我臆想为旧书盗窃团的三人组。所有客人都跑去避雨，马场中央几乎没有人了，只有他们还撑着伞坚持待在原地。

"喂，大哥哥。"

少年忽然小声说。他举起细长的胳膊，做出玩悠悠球的动作来。

"父亲以前对我说过，这样抓起一本书，旧书市就会像一座宏大的城池一样浮在空中。书都彼此相连。"

"你说的是什么呀？"

"你刚才看的那些书也是一样。要不要试着连起来看看？"

"试试吧。"

"你最开始找到了《夏洛克·福尔摩斯全集》。作者柯南·道尔还写过可称为科幻小说的《失落的世界》，这是受法国作家儒勒·凡尔纳的影响。而凡尔纳写《桑道夫伯爵》是因为他很景仰大仲马。在日本，改写大仲马的《基督山伯爵》的人是主持《万朝报》的黑岩泪香。他作为登场人物出现在《明治巴别塔》这一小说中，而该小说的作者山田风太郎在《战中派黑市日记》中，说了句'愚作'就扔掉了小说《鬼火》，而这本书的作者是横沟正史。横沟正史年轻时是杂志《新青年》的主编，和他联手编辑《新青年》的人是写《雌雄同体之裔》的渡边温。渡边温因公来到神户，却因乘坐的汽车与电车相撞而意外身亡。他经常约稿的作家谷崎润一郎写了一篇名为《春寒》的文章追悼他。在杂志上批判谷崎润一郎、与他展开文学之争的是芥川龙之介。两人笔战几个月后，芥川龙之介自杀身亡。以芥川自杀前后的情形为灵感写成《山高帽子》一作的是内田百闲。而赞赏内田百闲文章的是三岛由纪夫。三岛由纪夫二十二岁时遇到一个人，还大胆地当面对他说'我讨厌你'，此人就是太宰治。太宰治自杀一年前曾经为一个男人写过悼文，文章里说'你做得很好'。他称赞的便是患结核病而死的织田作之助。看，现在有个人正在那边读他的作品呢。"

少年指着那个长凳说。那身着和服、手撑遮阳伞的女子读的确实是织田作之助的作品。

"你莫非是妖怪？"我瞠目结舌。

少年回答道："我什么都知道。父亲总是带我来这里，告诉我书都是相连的。我一到这儿就能感觉到书都是平等的，自由自在地联系在一起。它们一起形成的书海才是一本大书。所以父亲准备死后把自己的书归还这片海。"

"你父亲去世了？"

"是啊。所以今天我才到这里来。我负有将父亲的书返还书海的使命。"

少年指着正在放晴的天空。

"将旧书从邪恶的收藏家手中解放出来。我就是旧书市之神。"

∞

我见雨下得越来越小，便再次回到旧书市。一想起在某处避雨的她，更是深深地被她的魅力迷惑。

"整天这样一个人胡思乱想，对脑子和身体都不好哦。"少年继续揭下旧书的价签，嘟囔道。

"啊，你又干这种事！"

"别管我！"

"能不管吗？！混账！"

正这样你一言我一语，留着小胡子的旧书店老板向我们走来。他看见少年手里握着的价签，脸阴沉得可怕。

"真让人头疼。你在干什么？"

我佯装对此一无所知，少年则沉默不语。

"把手里的东西给我！"

旧书店老板说着向少年步步逼近，少年忽然"哇"的一声哭出来。

"这个哥哥说，如果不这么做，他就那样对我。我害怕。"

刚才还一副大人口吻把我当傻瓜教训的少年，开始用难以置信的稚嫩声音哭泣。我正觉得这个家伙怎么能这样，旧书店老板把攻击的矛头转向了我。

"怎么回事？你对这孩子做什么了？"

"啊？我什么也没做。"

"可这孩子说是你让他做的。"旧书店老板抓住我的手，"你不说清楚，我可就叫警察了。"

"我不知道。别开玩笑！"

"这可不是和你开玩笑。"

就这样，我们开始争论。

我是个再诚实不过的人了。诚实像高汤一般从我被熬煮的内心渗出，我的诚实想掩饰也掩饰不住。但旧书店老板把我视为在背后操纵可怜少年的邪恶化身。他一定以为孩子的心思是单纯的，长相漂亮的孩子的心思应该更单纯。但有一个事实却被忽略了：在脏乎乎的青春中央呆立不动的大学生，才是世界上最单纯的人。

终于，从远远围观的人群中走出一位三十多岁的微胖男人。

"这个人我认识……"

"啊，千岁屋的老板。你好。"旧书店老板点头致意。

"他不是干那种事的人。是小孩子干的坏事，那孩子刚才也干了同样的事，引发了一阵骚乱，我都看到了。"

我们转而寻找少年的身影，他已经趁乱消失了。

将我从窘境中拯救出来的人是先斗町京料理"千岁屋"的老板。从前在木屋町到先斗町一带徘徊的时候，我曾因为某种原因走进过"千岁屋"，所以那边的人记得我。

"我有个好差事给你。能在这里相遇真是缘分啊。"

∞

千岁屋的老板边走边向我解释。

今天，在旧书市的某处要举行李白先生的拍卖会。那里有葛饰北斋图文并茂的春宫书。身为竭尽全力保护性文化遗产的"闺房调查团"的代表，他无论如何也想把这本书搞到手。但听说要经历很残酷的考验。虽然不知道那是什么，但他自己一个人没把握……

"所以啊，你也一起参加吧。分散一下风险。"

"啊，但我还有事。"

"是我把你从困境中救出来的，你怎么也得拿出点诚意来吧。"千岁屋老板说，"没什么坏处。如果拿到了葛饰北斋的东西，会给你相应的谢礼，十万日元怎么样？"

"我做！"我接下了这份工作。

千岁屋老板带着我穿过旧书市，路上我还在寻找她的身影。

照现在的情形看来，今天我不得不放弃寻找她了。不过等十万日元轻松到手之时，将它作为追求经费，也可以为下一步添砖加瓦。

不一会儿，我们来到马场中央有纳凉长凳的地方。那几个与众不同的人都在——读织田作之助全集的和服女子、白发老人，还有抱着硬铝箱的四方脸学生。女子没有从书本中抬起头来，老人和学生却用锐利的眼光向我们这边看。

在这种异样的气氛中等待了几分钟，戴着可怕墨镜的旧书店店主缓缓现身，露齿而笑。

"大家好，都到齐了吗？"

"哎——"远处传来懒散的声音，身着肮脏浴衣、年龄不详的男人飞奔而来。此人正是曾几何时我在夜晚的木屋町邂逅的自称"天狗"的浴衣怪人樋口先生。

我感到目眩。

面前即将展开的，仿佛是一场妖怪的盛宴。

66

一连串妖怪（除了我）跟在墨镜店主身后，穿过旧书市。

阵雨停了。橙色的夏日阳光忽然耀眼地照亮周围。阳光下，四周的拥挤之物再次凸显出来。

这混沌的一切。

书架上挤满文库本、漫画、随意放在特价区的全集单本、有华丽装帧的贵重书籍、和歌集、辞典、自然科学图书、再版书、讲谈本[1]、大开本画集和展览图鉴、堆积如山的旧杂志、大量 B 级电影录像带、连书名都不知道怎么读的汉文典籍、跨海而来的西洋书籍、庄严得谁都不会回头看一眼的《不列颠百科全书》和《世界大百科词典》、丢在箱子里卖一千日元的彩色铜版画、帐篷支架下悬挂的色彩鲜艳的浮世绘、不知道是什么地方的旧地图、孩子们扔掉的绘本、昭和初期的京都明信片、还有奇怪的手册、列车时刻表、自费出版的书和似乎来历不明的书……刻印在纸上的记忆，都成了旧书。

一行人走进这个没有人气的诡异旧书店。

光线微暗，一片寂静。走到通道的尽头，在收银台前有条神秘的岔路，正要进去时，穿和服的女子倏地停下了脚步。

"对不起，我忽然没有自信了。"

"啊，是吗？"墨镜店主说，"算了，您这样的人还是回去比较好啊。"

"抱歉，这时才说有点奇怪，请把这个交给李白先生。"说着，女子拿出一本日式装订的旧书，标题上写着什么什么珍宝。墨镜男人"嗯"了一声，点点头，接了过来。

把轻言放弃的织田作之助女士甩到身后，我们默然前行。在没有灯罩的电灯泡的照耀下，书架间的通道转向左侧，前方

---

[1] 记载讲谈内容的书。讲谈为日本大众说唱艺术的一种，主要讲述带有虚构成分的历史故事。

像鳗鱼的洞穴一样绵延伸展。嘈杂的人声早已听不见，旧书令人窒息的气息弥漫四周。两侧书架上的书越来越旧，最后成了变色的纸捆。时不时还有煎饼大小的小天窗。阳光穿过树叶，透过满是灰尘的窗户照进来。不知何时，地面从泥地变成了西洋风格的石阶。

通道终于到了尽头，眼前出现一座两层高的楼梯。楼梯尽头有扇厚重的铁门。一旁燃着油灯，让人想起了寂寞的街道一角。门旁悬着木牌，上面用寄席体写着"李白"两个字。

旧书店老板按响了门铃。

刚打开门，便呼呼地吹来一阵风，像七色燕尾旗一样的东西从我们身边掠过，穿过走廊飞去。我有种不祥的预感，全身发抖。门后吹来的风像是从地狱之锅中喷出一般炽热。

踏入拍卖会场的成员都发出像被钝器敲过后脑勺的声音。

这细长的房间恰好有电车的一节车厢大。地上铺着火红的地毯，大挂钟的钟摆在摇晃，旁边的留声机里嗡嗡地涌出不知其意的真言，营造出可怕的氛围。

沿墙放置着各色火盆、粗如铁棒的蜡烛、投射出昏暗光线的方形纸罩座灯。墙上挂着几个狰狞的赤鬼面具，还有描绘着人们被火焰追逐的巨幅地狱图，镇住了我们。一座自天花板垂吊下来的被炉代替了枝形吊灯，照耀着这些无论是在实际意义还是文化意义上都提高了房间热度的古董。

会场中央也设有被炉，桌上的锅里，分成红白两味的奇怪汤汁在咕嘟咕嘟地煮着什么。周围摆着厚厚的红坐垫，上面放着看起来温暖松软的棉衣和每人专用的汤婆子。

大挂钟前有一张藤椅，李白先生穿着浴衣舒舒服服地坐在那里。

他笑眯眯的，露着白皙多毛的腿，双脚踩在盛满水的盆里，发出哗啦哗啦的声音。

"欢迎大家，欢迎。"

李白先生扇着团扇说。

墨镜店主将织田作之助女士委托的书交给李白先生，和他耳语几句，说了声"好热啊"便出去了。李白先生将书放到旁边的黑漆书架上——那儿挤满了大小不一的书——然后他咚咚地敲了敲这个书架。

"这是前些日子从一个卖酒的男人那里得到的。种类繁多，有趣的东西也不少。来，大家都先到被炉下面暖和暖和。无论最后是谁留了下来，都可以带一本书回去。系列书也破例算成一本。"

烛火照在李白先生脸上，看起来十分可怕。我真切地看到，有那么一瞬间，他用舌头舔了舔嘴唇。

"好了，大家决定好要哪本书了吗？"

∞

五位参赛者自愿参加这场性命攸关的残酷比赛。

第一个是觊觎岸田刘生亲笔日记的神秘浴衣男樋口；第二个是看好明治时代成册的全年列车时刻表《汽车轮船旅行向导》（东京庚寅新志社版）的抱硬铝箱的学生，来自"京福电铁研究会"；第三个是一位老学究，想要叫什么藤原的大概是平安时代和歌诗人所写的《古今和歌集》手抄本；第四个是对葛饰北斋所作的春宫书摩拳擦掌的"闺房调查团"代表千岁屋老板；第五个则是协助千岁屋老板参战的我。

我们套上红色的棉衣，围在被炉旁。

眼前煮沸的旧铁锅隔成 S 形，红汤和白汤各放一侧。一股刺鼻的味道直冲脑际。锅里浸着不知名的菌类和蔬菜，像地狱一样沸腾。

"这是火锅。"李白先生坐在藤椅上，和颜悦色地说，"蘸上手边的芝麻油，多多地吃。很美味的。"

樋口先生拿着西瓜大的水壶，给大家的茶碗里倒上热热的大麦茶。我们五个都喝了一大口。

李白先生一声令下，所有人都从红色的汤中夹出神秘的肉片放入口中。闭嘴一嚼，世界瞬间天翻地覆，变为紫色。

"哎呀呀。"每个人都难以忍受，叫出了声，"这是什么？！"

舌头上蔓延开来的与其说是味道，不如说是被粗糙的棍棒打中的感觉。像将下鸭神社方圆两公里内的"辛辣"集中在一起扔进去煮了一样辣。我们痛苦得几乎要晕倒，喝下热热的大麦茶，没想到却火上浇油般更加痛苦不堪。李白先生看着满地打滚的我们，面露微笑。

我们决定按顺序夹取锅中之物。原以为白色的汤会让舌头稍微好过一点，结果证明辣度丝毫未减。辣到极点，我等凡人根本无法区别红汤和白汤之间微妙的区别。如果除去"看着喜庆"的文化意涵，区别是红汤还是白汤并没有任何意义。

一时间，我的额头上涌出大颗的汗珠。

这样下去可是会要命的，还是早点退出吧。我心想。

我压根儿没想过要当千岁屋老板的帮手，穿上棉衣钻进被炉时，向来耐性不足的我就快忍无可忍了。要是樋口先生没有说到那个绘本，想必我早已举白旗了。

李白先生向围在锅旁呼哧呼哧地喘着粗气的我们依次展示书架里的书。只要出现的是某个人看好的书，那个人的呼吸就会变得更急促。展示北斋的那些东西时，千岁屋老板频繁地向我使眼色。我光是闻火锅味就要崩溃了，心想北斋那些破东西都扔进锅里煮才好。

旧书种类繁多，里面也有绘本。

不久，李白先生拿起一册绘本，樋口先生"哎呀"一声。

"这不就是那孩子想要的绘本吗？"说着，他从李白先生手里拿过绘本，哗啦哗啦地翻阅。

"喂，樋口先生，你的汗要是掉到书上，可就难办了。"李白先生说。

"喏，这里写着名字。"

偷偷看了一眼，书上用稚嫩的汉字写着我爱慕的黑发少女的名字。

读者诸贤，可以想象我当时的震惊吧。

我一把将绘本抢到手中，像要舔舐一般直直地盯着。听到樋口先生说她为了找这个绘本一直在旧书市徘徊，我瞬间觉得"千载难逢的良机终于到来"，有了峰回路转的希望。我的浪漫引擎再次启动。

现在回想当初和她拿起同一本书的幼稚企图，便觉得十分滑稽。那种如蝴蝶效应一般迂回的恋爱计划还是留给中学生吧。我认定，男人终究要采取单刀直入的方式。

眼前浮现出幼小的她一脸天真烂漫、专心致志地将名字写在绘本上的情形。这令她朝思暮想的绘本才是天下唯一的至宝，也是开拓我未来的天赐良书。得到这本书就等于得到她的芳心，就等于将玫瑰色的校园生活握在手中，更等于拥有了万人称羡的光辉未来。

诸位有没有异议？有也不受理。

我为了胜利而咆哮。

阵雨停了。金黄色的阳光火辣辣地照着淋湿的马场。

看来不会再下雨了。机会难得，我依然心潮澎湃，决定对那本书穷追不舍，一直坚持到最后时分。

樋口先生意气风发地前往拍卖会。如果是他，无论遇到什么困难都能迎刃而解。不管怎么说，他也是自称天狗、脚不沾尘的人物。我想不出有什么考验能让他认输。

走了一会儿，刚才和我一起寻找绘本的漂亮少年再次出现。

"哎呀，我们又见面了呀。"我冲他点点头。

"大姐姐，《拉达达达姆》找到了吗？"

"没有，还没找到。但我让旧书店的人帮忙找了……"

少年盯着我笑了。

"大姐姐，你今天准备一直待到旧书市关门吗？"

"是啊，准备一直在这儿。"

"那样的话应该没问题，能找到。"说着，少年吹起了口哨。

"你怎么知道呢？"

"因为我是旧书市之神。"

他说着，举起美丽白皙的手臂，竖起食指，看起来真的像是从骤雨洗礼过的夏季天空降临到满是泥泞的马场上的神明。我定睛望了他一会儿，说："南无南无。"

少年微微一笑，跑开了。

"南无南无！"樋口先生低声说，"南无南无！"

我似乎要给忍耐痛苦的自己鼓劲儿，也学着哼哼："南无南无。"

这里每个人都像洗过澡一样滴着汗，蜡烛和天花板垂下的被炉的光芒中浮现的五张脸全都黏滑光亮，像刚出生的怪物。棉衣下的衣服已经湿透，动一下身体都觉得恶心。每次轮流吃锅里的东西，体内积存的热气便增加一层。舌头已经在燃烧了，仿佛张开嘴就能喷出火焰来。

"来，大家多喝大麦茶。不喝的话可是会死哟。"李白先生像唱歌一样对我们说着，还津津有味地抿着玻璃杯里的冷酒。

我们只好一脸愤怒地喝热乎乎的大麦茶。倒进胃里的水分瞬间就变成汗流到体外，如果不出汗，肯定会死！

第一个放弃的是千岁屋老板。

他大喊着"不行了，热"，爬到李白先生的脚下，将冰水淋到脸上。闺房调查团成员下流的梦想就这样不堪一击地破灭了。"没骨气！"京福电铁研究会的学生说。千岁屋用湿毛巾盖住脸喘着气，还不忘拉起毛巾向我使眼色："接下来就靠你了。"然而，我早已向下一个目标前进，北斋那些下流的书我才没有兴趣。

"一个。"老学究挤出一句话，声音阴郁得像是在数尸体。他嘴边像涂了口红一样，辣得异常鲜红，我们也是如此。

会场原本就有点昏暗，加上热得晕晕乎乎的，我的视野被火锅辣得越来越窄，甚至看不清前方。

京福电铁研究会的学生忽然在眼前挥舞筷子，想要夹住什么。

"这是什么呀？七色燕尾旗怎么飘在这里？真是碍眼。"

"嘿，那个一直在那儿飘呀。"樋口先生说道。

"我也看见了。"老学究说。

"大家听好，那是幻觉，危险啊。"

我正说着，也看见了在火锅上飞舞的七色燕尾旗。它像是在嘲笑我们四人一样歪歪扭扭地飞舞。虽然七种颜色都十分鲜艳，可用筷子怎么夹也夹不住。我们一致认为，这种奇怪难解的东西不必被当成问题。

"老爷爷，你是不是没喝大麦茶？"京福电铁说，"会死的哦。"

时不我待，我们上前关心老学究的身体，强迫他喝下热乎乎的大麦茶。

老学究咕嘟咕嘟地喝干大麦茶，歪着嘴念叨什么。本以为他是为了忘记痛苦而吟诗，不料他却忽然号啕大哭，泪水不停地喷涌而出，夹杂着汗水，一个劲儿从下巴掉落。

"浑蛋，为什么我非得这样不可！"老学究咬着牙哼哼，"你们快点放弃吧。老汉我也活不了多久了，拜托你们了。"

"反正阴间也不让带书。"樋口先生说。

"不，我去阴间的时候准备带上。"

"哎哎，可不要在我这儿奔赴黄泉啊。"李白先生说。

"你们想要的归根结底都是没用的东西，我要的可是国宝级的。"

"老爷爷，我们要的也是国宝级的。"

"那种脏乎乎的时刻表是国宝级的？你是白痴吗？！去国营铁路要不就结了！"

就这样，大家用被火锅烧焦的舌头不断吐出火焰般的怒骂，我也参战了。热和辣让我头脑混乱不已，根本不记得自己说了什么。

最后，老学究呜咽着对我说："你呢？你想要什么？"

知道我要的是一册绘本，他几乎要昏厥了，叫道："你这个超级大白痴！绘本之类的，要多少我都能买给你！"

"国宝难道就能让人活命吗？"我怒吼道。

老人哀号道："那可是手抄本！你懂不懂？《古今和歌集》的手抄本！"

"《古今和歌集》？我才不管那种东西！"

🍎

站着读了读岩波文库的《古今和歌集》，我继续逛旧书市。不久找到了一家令人毛骨悚然的旧书店。店四周被巨大的书架围着，里面非常昏暗。令人惊奇的是，看店的人居然是方才坐在垫布上专心阅读织田作之助全集的女子。她正坐在收银台的桌子后面。

这家旧书店的构造很奇特，收银台旁边有一条用书架隔出的狭窄通道，一股腥臭的热风从里面吹来。这通道通向哪里呢？对世界不厌其烦地进行探索的我，好奇心忽然膨胀起来。

快点进去吧！就这么干！

这时，穿和服的女子说："最好不要进去啊。"我以为她在责备我，战战兢兢地看向她。她仍然优雅地向我微笑着，说："那个地方不是你该进的。"

店里没有其他客人，她也许是觉得无聊，给我一把椅子示意我坐下，并从脚边的泡沫塑料箱子里拿出柠檬汽水来。在盛夏的旧书市，没有比柠檬汽水更好的饮料了，我心存感激地接受了。

"刚才我在休息区的长凳那儿看见您了，您一直在读那本书。"

我指着她手中的织田作之助全集。

"是啊。我家只有这个。"她说，"我丈夫的书，只有这一本在手边。"

我和她谈起了杰拉尔德·达雷尔和《拉达达达姆》。说起在广阔无边的旧书世界里怎么也找不到《拉达达达姆》，我又变得沮丧不已。巧的是她居然也知道《拉达达达姆》。

"那是我丈夫第一次带儿子去旧书市时一见钟情的绘本。儿子缠着我给他念了好几遍。他已经到了能读书的年纪，可还是缠着我读给他听。"

"这绘本您现在还有吗？"

"很遗憾……"她低声说，直直盯着收银机旁边的柠檬汽水瓶，似乎有我等无从得知的伤心往事。于是我没有继续追问下去。

∞

京福电铁研究会的学生在火锅前低着头，一副走投无路的模样。他呻吟不止，汗水啪嗒啪嗒地掉落在膝上。我们齐声叫道："放弃吧，放弃吧。"如果不赶快放弃，他的身体怕是撑不住了。我靠着巨大的意志力，樋口先生靠着不为人知的能力忍耐到了这个时候，因为毫无意义的愤怒耗尽力气的老学究已经气息奄奄。

京福电铁的方脸男已经满脸通红，握着筷子的手几次上下，颤抖不已，连将筷子伸到锅里都做不到。他的精神和肉体展开了激烈的搏斗。

"不行了……从刚才我的肚子就一直……"他一脸痛苦，"我的肠胃不太好……"

"你要是吃下去，肠胃可会变成三角裤那样的东西了。"擅长打心理战的樋口先生乘胜追击，"你想死吗？"

"我不想死。"京福电铁用简直像小孩子撒娇的口吻说，"可是我想要！"

"可你不能在这里把肠胃搭上。你还年轻，还有很多机会啊！"

可怜的他发出呻吟声，终于放弃了。一张有如近铁电车般红褐色的脸，追赶着眼前飞过的七色燕尾旗，向幻想的荒野出发了。再见，我的好对手。

从一开始就保持神秘微笑的樋口先生，偶尔现出能面般毫无表情的脸容，吐着热气。在如此不切实际的情况下，他能将这种肉体上的苦恼忍耐到什么程度呢？

两个脱离战线的人将湿毛巾盖在脸上，仰头倒在赤鬼面具下，看起来像两具并排的尸体。

"诸位，只要再有两个人放弃，喜欢的书就可以收入囊中了。再坚持一下吧。"

李白先生大口大口地吃着西瓜。

"怎么样？冰冰凉的西瓜在这里。谁要是想吃，退出就可以了。"

他拿着一片红红的西瓜在喘着热气的我们面前挥舞。脸颊可以真切地感受到西瓜散发出的湿润的凉气，还能闻到那清甜的味道。

"尽情吃吧，水分又多又甜的西瓜啊。放弃想要的书，来吃冰凉的西瓜怎么样？"

围坐在火锅旁的三个人一起咆哮起来，想击退恶魔的诱惑。

李白先生将红西瓜嚼得粉碎，他嘴角露出尖锐的牙齿，头顶也长出了角。摇曳的烛光中浮现出他的面孔，与魔王别无二致。

"不过是捆废纸罢了。"李白先生咯咯笑着说，"和冰凉的西瓜比，哪个更重要？"

眼前的西瓜远远不如我光辉的未来重要——自己的叫声听起来就像别人的声音。

我眼前像走马灯一样闪现出光辉的未来：我将绘本交给她、我们忐忑不安却心意相通的情形，两人第一次约会的日子，不久后在神社里牵手的风景。枫叶染红古都之时，我们的关系已经稳定，而随着寒意逐渐逼近，彼此的爱意也该逐渐加深了吧。接着光芒四射的圣诞夜到了，我的浪漫引擎已无人可挡，不会再倾听内心的礼节之声了。

"嘿嘿。"老人流着口水窃笑。听到笑声，我忽然回过神来，只见樋口先生眼神迷茫，说着"环游世界……"之类的话。三个人好像各自望着不同的走马灯。我们终于半只脚踏进了冥河。

我们互相鼓励，咕嘟咕嘟地喝下大麦茶。

"老爷爷，连我们现在都性命攸关啊。"樋口先生说，"你不是也看到了吗？黄泉之路就在眼前。"

"我不是说过了吗……我想将它带去阴间……"

"你的心脏受不了这种负担吧。因为这火锅断送性命，值得吗？"

老人咬紧牙关对抗樋口先生的心理战。

"就算是死了……也没人会……在意……谁知道啊……"

李白先生说："其意可敬。那你去阴间吧，我给你好好料理后事。"

"老爷爷，不能死！"樋口先生说，"怎么能死在这种地方！"

然而，老人没有回应。他的上半身缓缓前倾，我慌忙去扶。原来他昏过去了。

"这样的话，就只剩两个人了。"李白先生满足地笑着说，"不过这里很热，真像是地狱啊。"

🍎

我喝着有如天堂之水般美味的柠檬汽水，和那位女子聊天。这时，从收银台里堆积的书中传来呻吟声："心心相印，啦啦啦……"像是有人在说梦话。和服女子回过头去。在她身后的书堆中，似乎可以窥见一位戴眼镜的男子蜷着身子睡觉。我心想，他为何在那么狭窄又没有铺盖的地方睡午觉呢？难道是被旧书围着很安心吗？

"老板，请再休息片刻。我儿子马上就回来了。"她用温柔的声音说道。

熟睡的男人发出心满意足的猪一般的哼哼声，翻过身去。女子向我微笑："他睡得很好呢。"

喝完柠檬汽水，我道了谢起身。她一直目送我走出店门。

"一定会找到《拉达达达姆》的，很快。"望着夕阳西下的景象，她说，"相信旧书市之神吧。"

"谢谢。"我行了一礼走出来，低声念道："南无南无！"

终于迎来决定胜负的一幕，我和樋口先生一对一决战。

两人必须轮流夹出火锅中的东西，不断吃下去。煮得稀烂的"辣之化身"变成残骸挂在筷子上。嘴失去知觉，灵魂也麻痹了。大麦茶一喝进肚子，马上变为汗水，像瀑布一样喷涌而出。湿透的棉衣重重压在肩上，我们已经变成只想打败眼前那口锅的永久忍耐机。

"那个绘本是要给她的？你是不是喜欢她？"

"是。有意见？"

"你看这样如何？你先投降，然后我把那个绘本拿到手，你再花五十万从我这里买走。"

"怎么感觉有点不对……等等，这不是只有你占便宜了嘛！"

"区区五十万就能买到光明的未来，岂不是很便宜？！"

"我不需要你帮忙。无论身体上还是心理上，我已经好久没有这样热血沸腾了……我要赢得这场比赛，亲手抓住自己的未来！"

"像我这般前所未有的伟大男人，都快达到极限了。"樋口先生笑着说，"都看到这样的幻觉了。"

他将筷子伸到锅里，拉出一只蛤蟆来。

蛤蟆被辣椒和暗藏的各种味道染得通红，不断膨胀，细细的四肢好像在抽搐。它终于从樋口先生的筷子下逃出来，慢吞吞爬到被炉上面，在我面前一屁股坐下，张开大口喷出熊熊火焰。

"来吧！"樋口先生笑着说，"都烧光！"

我望了一会儿那只蛤蟆，也将筷子伸向火锅。

筷子被一条似乎很重的绳子缠住，我将它拖出来。眼前出现了一条全身沾满辣椒的锦蛇。它那看不到头的尾巴还留在锅里，头却"咣"的一下搁在被炉上。樋口先生那只蛤蟆飞溅起红色的水花想要逃走，不料被蛇一口吞下。接着，蛇懒洋洋地将下巴搭在锅沿上。

我抬头望向樋口先生，他仍然保持着笑容，能真切地看到汗水正从他脸上掉落。不管掉在眼里还是嘴里，他都纹丝不动。我碰了他一下，他居然保持着那副表情仰面朝天倒下了。让人想起站着死去的武藏坊弁庆，真是气派的死法。

我拼命摇头，嘴里、屁股里似乎都要喷出火来。脑袋周围飞舞着七色的燕尾旗，什么也看不见。要死了，要死了。我这样想着，喝下大麦茶，随后扔下茶壶，脱下湿透的棉衣。棉衣落在地毯上，发出啪嗒的水声。

"干得漂亮！"李白先生大笑着从藤椅上站起身，折着手里的大扇子。

我无力地一屁股坐下。李白先生走向我，全身都是辣椒的锦蛇从火锅里探出头，朝着他嘴巴一张一合，发出很小的声音。

"说什么？"李白先生饶有兴致地把耳朵凑过去。蛇用嘶哑的声音说："神明有时会无情地将旧书解放到世上。轻率冒失的收藏家应该畏惧才是！"

说完，锦蛇紧紧咬住脸上写满"胡说八道"的李白先生的浴衣。他挥舞扇子敲打蛇的头，大声喊着："这个死东西，死东西！"此时，天花板上忽然落下一个硕大之物，就是那代替枝形吊灯，从字面意思上提高了屋子热度的被炉。

"哇！"

被压在下面的我们大喊大叫，这时传来一个喜悦的声音："又见面了，大哥哥。"

那个一直缠着我的美少年正站在李白先生的黑漆书柜旁。书柜上所有的书都不见了。少年把京福电铁研究会学生的硬铝箱抱在怀里。

"大家好。"

他优雅地从让被炉砸个正着、不断呻吟的李白先生身上跳过，躲开我想抓住他的手，踢开倒下的战败者，像恶作剧的小鬼一样跑过大厅。

"把我的未来还给我！"我大喊着想起身，却把火锅弄翻了。

李白先生终于从被炉下面爬了出来。我过于痛苦，难以起身，只好一心一意把水泼到脸上降温。

李白先生看了一眼黑漆书架。只剩一本薄薄的书了，就是和服女子送给他的那本。他取出那本书，盯着封面看。

我好不容易才站起身，探头看他手中的书。

李白先生翻开那本线装书，里面却空空如也，只是脏兮兮的素色纸。这时眼前的球形火炉忽然发出咕嘟咕嘟的声音。接着就像烘烤后会显色的纸一样，一行字显现出来。

"将旧书从邪恶的收藏家手中解放，实为一大快事。汝等受到教训了吧，我乃旧书市之神。"

李白先生来到窗边，拉开遮光窗帘，逐一打开窗户。晚风如同自高原而来一般清爽宜人，吹遍宴会的每个角落。躺在地毯上的人们一阵骚动。

李白先生站在蠢蠢欲动的人群中央，说："诸位，你们不顾名声形象求之若渴的书，刚才已经被神明解放到旧书市中去了。如果诸位运气好，也许还有与它们重逢的一天。"

人们还没回过神来，只是呆呆地坐在红地毯上。

"祝诸位好运。今天到此为止。"李白作结道。

过了一会儿，坐在地毯上的老学究红着脸叫道："这么说，书可能还在旧书市的某个地方啊，对，就是这样。"他连滚带爬地出门了。千岁屋老板和京福电铁研究会学生紧随其后。只有樋口先生慢悠悠地站起身，一脸满足地说着"哎呀呀，吃饱了。"走出去。他似乎认为即便是如此恐怖的地狱火锅，只要有饭吃就赚到便宜了。"不过屁股都要喷火了。"他离去时夹紧了屁股。

"我能给你的只有这个了。"李白先生说着将线装书递给我。我拒绝了。

"被偷的书就这样没了，你不想想办法吗？"我问。

"如果是旧书市之神所为，那就没办法了。我已经很开心了。"李白先生嗤笑着说，"书那种东西，要就尽管拿去吧。"

我离开李白先生的大本营，穿过长而奇异的书架走廊。

回到昏暗的旧书店，只见旧书店的墨镜店主已经从椅子上掉下来，正在收银台后面打着呼噜酣睡。身旁倒着一个柠檬汽水瓶。想喝柠檬汽水！我的喉咙在呼唤。

从书店里跑出来一看，外面已经沉浸在蓝色暮霭中。京都的夏季居然如此凉爽，我惊讶不已，第一次为夏季的温度有感而泣。晚风吹来，已经变为纯粹的水分的汗水瞬间蒸发了。

又一个夏日黄昏降临。人们三三两两踏上归途，但也有些人依然赖着不走。我在已经变得昏暗的旧书市中奔跑，寻找那个少年的身影。途中口渴难耐，买了瓶柠檬汽水喝。滑落喉咙的柠檬汽水着实是浓缩了夏季清凉的甘露。因为柠檬汽水而百感交集，也是第一次。

我哭着喝着呛着，奔跑在旧书市中。

见到了眼熟的和服女子，她还坐在长凳上。虽然天色已晚，她依然在读织田作之助的书，身旁是一个发出微弱光芒的硬铝箱，里面空无一物。

来到绿雨堂附近，我终于在晚风的吹拂下精神起来，找到了那个少年。他在书架暗处鬼鬼祟祟地干着什么，以为可以蒙混过关。这个恶劣至极、阻挠别人恋爱的恶魔！我念叨着，要用席子把他卷起来，拿去给下鸭神社的篝火添柴烧。

少年在书架的暗影里打开怀中的一本书，将价格标签贴了上去，然后悄悄塞进书架。

"喂！"我怒吼道，"你这个浑蛋！"

被我抓住胳膊，他像白色的河鱼一样跳起来瞪着我，企图甩开我的手。暮色中，他的眼睛闪闪发光。

"放开我！还有一本书就大功告成了。"

"已经都这样散入各个旧书店了吗？"我一时无语，没了力气，"没有绘本吗？那个绘本怎么样了？"

我手一松，少年便准备冲出去，但又停下来，说："绘本当然在绘本应该在的地方，这都不懂？"

说着，他消失在薄暮中。

我想起樋口先生的话来。绘本区在哪里？

向附近绿雨堂的老板询问了地点，我飞奔而去。

穿越旧书市的时候，我见到了京福电铁研究会的学生。他奔走于一家又一家旧书店，不停叫嚷着"我的时刻表"，惹来周围人的厌恶。"在哪里？！"刚听到这一声，一个人影便疾风般向南奔去，把我撞到一旁。此人便是那位执着于《古今和歌集》的老学究。"那是我的东西，谁也别想……"他像被恶魔附体般念叨着，消失于人群中。

"执着真可怕。"我这样想着，为了将她的绘本拿到手，把正亲亲热热走在一起的男女重重地撞到一边，以一副恶鬼之相冲向绘本区。

🍎

旧书市已经有要关门的迹象了。我忽然非常失落，垂头丧气地走在马场上。

那个神秘的少年说我会找到《拉达达达姆》，那位和服女子也说了同样的话安慰我。可是天色渐黑，在茫茫书海里如何才能找到想要的那本书呢？旧书市之神会向我微笑吗？

我静静地走着。

从此以后，好好对旧书市之神祈祷吧。让没人读的书尽可能解放到这个世界上，转到下一个人手中。我努力祈祷，希望书籍能真正地活着。神啊，拜托了。我双手合十，"南无南无"地祈祷起来。

夕阳西下，我穿行在帐篷之间，到达了绘本区。

虽然之前找了那么久都没找到，但或许是看漏了。相信旧书市之神的人一定能找到自己要的旧书！天色逐渐变暗，我努力察看细细的书脊，一边念叨着"南无南无"，一边弯着身子寻找。忽然，书架的一角闪出一抹白色，一册绘本在呼唤我。我的心怦怦直跳。

南无南无！

我忘情地伸出手，旁边也有人伸出手来，抬头一看，是社团的那位学长。

学长看见我，似乎惊讶万分，一瞬间表情丰富至极，滑稽可笑。他似乎想说什么，可是嘴张开又合上，什么也没说出来。最后他深吸一口气，指着《拉达达达姆》，终于说出一句话："快……快点买吧！"

我将《拉达达达姆》拿到手中，却发现学长像风一样离去了。

为什么他那样惊慌？我百思不得其解。难道我脸上有什么奇怪的东西？

不，既然学长也伸出了手，说明他也非常非常想要这本书。最终他万分悲痛地割爱给了我。莫非他是想斩断将心爱之书让出的痛苦，才早早离开？这是绅士的行为。神明，请原谅横刀夺爱的我吧，我一定会补偿他的。

我边想边打开到手的《拉达达达姆》，发现封面内侧写着一行字，一时哑然。然后，我学着双足步行机器人的模样跳起舞来。

我擦了擦眼角。

《拉达达达姆》上，用幼稚的字迹写着我的名字。

无须读者诸贤指责，我知道自己是彻头彻尾的白痴。

　　我本想取消此前过于迂回的战术，以更完美的计划代替，不料本应停止的计划却擅自进行起来，真是失策。旧书市之神啊，你也不和我事先商量一下，让我怎么应付得来！更让我意外的是向同一本书伸出手的情形，如果没有充分的觉悟，我简直能羞得无地自容。

　　在她的眼中，落荒而去的我究竟是什么模样？她一定认为我是个不可理喻的怪胎。

　　"知耻而后死！"

　　我穿越清冷的蓝色暮霭，呻吟道：

　　"南无南无。"

　　我诅咒自己，诅咒旧书市，最后"嗖"地钻到一处沐浴在橙色灯光下的帐篷里。那里正在拆卖《新编内田百闲全集》。

　　"我全要了。"我叫道。话音刚落，我忽然想起身上带的钱不够了，不禁捶胸顿足。

　　"你还差多少钱？"背后传来了声音。

　　回头一看，她站在那里。"我借你。"

　　"哎呀，那多不好意思。"

　　"没关系。与书相逢是一期一会，必须当场买下。我已经找到宝贝了。"

　　说着，她给我看那纯白的美丽绘本。书名叫《拉达达达姆》，封面漂亮而富有想象力。她轻轻翻开封面，纯白的纸上用幼稚的字迹写着她的名字。

"这本书就是在这里遇见的，真是太难得了。刚才你把它让给我，太感谢了。"她一脸幸福温柔的笑容。

我向她借了钱，买了内田百闲全集。

我把书满满当当地放进塑料袋，再回头望去，她已不见踪影。

走出帐篷，我在昏暗的旧书市四处张望，只见蓝色的暮霭中人来人往。我晃晃悠悠地走起来。

🍎

把钱借给学长后，我漫无目的地走出帐篷。正发着呆，读织田作之助的和服女子和那个漂亮少年一起从面前走过。"满意了吗？"女子温柔地问道。少年"嗯"了一声点点头。我正想告诉少年我已经找到《拉达达达姆》了，他却像施了魔法般哧溜哧溜穿过人群，"嗖"地消失在暮色中。遗憾。

我在休息区的长凳上坐下，在膝上摊开《拉达达达姆》。

曾经爱过却罪孽深重地抛弃了的书，现在再度回到我手中。发生这种不可思议的事情，除了旧书市之神相助以外，我找不到其他理由。南无南无。

四周越发暗下来。

学长拎着大全集慢吞吞地从对面走来。他拎的东西看起来很沉，我想帮一下忙，于是和他打了声招呼。

"哎呀，又见面了。"学长说。

“学长好。”我回应道。

他气喘吁吁地将如同腌菜石般沉重的全集放好，然后坐到长凳上。

天空已是深蓝色，一丝余晖将飘浮的云朵染成浅桃红。马场两侧的旧书店间闪烁着电灯橙色的光芒。就算周围黑得像沉入海底，靠这仅存的微弱光芒，人们也能在书架间游走，寻找中意的书，就像刚才的我一样。

“大家都像海底的鱼啊。”我说。

“是啊。”学长回答道。

凉爽的晚风从北边吹来，我的眼前，有小小的七色燕尾旗滑翔而过。

晚秋时节。

圣诞节的庆典不时在地平线上闪现。学园祭的举行宣告了黑暗季节的来临。躁动不安的男人们开始东奔西走，言行也莫名其妙起来。

我们在学园祭这个原本就狂乱不已的大舞台上到处乱窜，执意寻求大团圆的结局。"这一切快点落下帷幕吧，但要尽量以对自己有利的方式"——这种自私任性的想法攫住了我们。这个时候，我们都变成了随心所欲主义者。

在随心所欲主义者们暗中活动的学园祭上，她又在不知不觉中当上了主角，为混沌至极的大戏落下帷幕。她将这样少见的丰功伟绩称为"神的随心所欲主义"。

神明也好我们也好，毫无疑问都是随心所欲主义者。

那么，我们怎样才能成为随心所欲主义者呢？

那一天，我难得地去学园祭露了个脸。在秋风吹乱落叶之中，学园祭懒洋洋地迎来最后一天。

被晚秋寒冷的风吹拂着，我徜徉在钟塔下的模拟商业街。

这个白痴庆典以耸立的钟塔为中心，以包括校舍在内的"校本部"和南面隔着东一条街的"吉田南校区"为主战场。在法学院大教室里，名人演讲和研讨会正在进行。钟塔周围，各家摊位的帐篷紧挨一处，店主们正把味道和卫生状况都令人担忧的食物塞进路人嘴里。进入吉田南校区，阴暗的角落里，学生商人在一个又一个摊位中懒散地等待客人。除了这些商业企图旺盛的学生，操场特设的舞台上，能歌善舞的学生也轮流登场。校内的演讲室中，迷恋戏剧和独立电影制作的学生招徕路人，把自己的热情强加给他们。

摊位里、教室中、特设舞台上，他们想传达给客人什么呢？到访的人们目之所及，全是过剩的时间和无从消受的热情，在旁人看来简直是无趣至极。令人唾弃的"青春"啊！

"学园祭就是强买强卖、廉价出售青春的黑市！"在凉爽的晚风吹拂下，我想。

我吃着在"米饭原理主义者"摊位买的饭团，抬头看去。钟塔耸立在高远澄澈的秋日天空下。那毫不在意脚下热闹的傻瓜典礼、毅然决然直冲天空的勇姿让我想起此刻站在此地的自己。钟塔也好，我也好，在这一片喧闹的旋涡中，都始终保持着光荣的孤立。

　　"战友啊！你岿然不倒吗？"我向钟塔呼唤。

　　我是将国家与个人看作命运共同体，整日忧国忧民，常耽于思考，磨炼灵魂之人。作为清高的哲人，我热切希望在不远的将来，在盛大的舞台上接受全场的掌声，被所有人爱戴。青春黑市般的学园祭于我何用？

　　为什么我来到这个地方？因为我知道她会来！

　　这是从某个可靠的家伙那里得到的信息。

　　她是我社团里的学妹。

　　从第一次交谈，我的心就被她紧紧抓住，她那稀世罕见的魅力如同贺茂川的源流滚滚而来，永无止息。曾以"左京区和上京区无人能出其右的硬派人物"闻名的我现在想进入她的视野，却费尽千辛万苦。我将此番苦斗称为"尽（进）她眼大作战"，这是"尽力进入她的眼帘大作战"的简称。

　　因急于打开局面而莽撞冲击大本营，终致失败的白痴不胜枚举。他们的确是值得爱的男人，但逞的是无谋之勇，而非勇气之举。这里所说的勇气是凭借理性和信念矫正自身，为达到目的不断忍耐、步步为营的做事之法。她必须先习惯我这个稀有的存在。攻占大本营是以后的事。

就这样，我开始想尽办法进入她的视野。从夜晚的木屋町和先斗町、夏天下鸭神社的旧书市，进一步拓展到她每天的活动范围——附属图书馆、大学消费合作社、自动售货机区、吉田神社、出町柳车站、百万遍十字路口、银阁寺、哲学之路，"偶然"的相逢频繁发生，远远超过称得上偶然的次数，达到了众人认为"看，这是被命运的红线紧紧系住了啊！"的程度。甚至连我自己都觉得可疑——我怎么可能在每一个街角都恰巧出现！随心所欲也要适可而止！

然而问题的重点是，如此频繁地相遇，她居然毫不在意！不仅无视我罕见的魅力，甚至对我的存在也毫不关心。

"哎呀，只是偶然经过。"这句台词在喉咙里练习多次，几乎让我吐血时，她带着天真无邪的微笑迎了上来。

"啊，学长，真是奇遇啊。"

遇见她以后，已经过了半年的时光。

向钟塔表达爱意之后，我走出正门，穿过东一条街走向吉田南校区。校区一角尘土飞扬的操场上，也设有很多摊位。西北角设了一个舞台，业余乐队成员模样的女生唱着"去死吧！

无能的弁财天[1]"。舞台旁边有一顶"学园祭事务局"总部的帐篷。

我窥视帐篷里，发现工作人员在摆满办公桌和杂物用品的狭小空间转来转去。有个戴着袖章的男人大模大样地坐着，一边傲慢地喝茶，一边发号施令。他背后挂着一张巨大的学院地图，仿佛在宣告："学园祭就在我手中。"

"了不起啊，事务局局长。"

我一出声，他向这边看过来，说："我还以为是谁呢，是你啊。"

他和我同一个学院，从一年级开始就相识了，是个多才多艺的男人。他才能过人，不仅处理学园祭事务局的杂务，还参与了轻音乐小组，从相声到男扮女装，他的爱好非常广泛。尤其是男扮女装十分出名，他的美貌长在男子脸上实为可惜。恶作剧地在"女装咖啡馆"露了一回脸，就使众多男生踏上不归情路，从而臭名远扬。他拥有如此美貌，想必是个耽于玩弄感情、过着靡烂校园生活、不可救药的男人吧。大家一般都这样猜测，不料他却相当正派。正因如此，我们意气相投。大一、大二的时候，每当学园祭来临，他便将学习抛在一边，埋头于事务局的工作，每天都搞得浑身脏兮兮的，浪费了难得的美貌。努力终获认可，刚上大三，他便自嘲为"杂务总管"，将"学园祭事务局局长"的官衔纳入囊中。

---

[1] 原本为印度教信奉的女神，掌管音乐、辩论、财富和智慧。后融入日本民俗之中，成为日本七福神之一。

他将我招进事务局的帐篷里，上了茶。

"你能来真是少见。让我猜猜，是不是为了那个'尽（进）她眼大作战'？"

我向来与学园祭这类喧闹的活动无缘，他了如指掌。我一点头，他便微笑着说："那你和她发展得怎么样了？"

"我正在进行迂回战术。"

"你也太迂回了吧？准备迂回到什么时候？你是不是打算种棵苹果树，盖个小屋住进去？"

"还是要万分谨慎啊。"

"不对。你啊，就是喜欢在填好的外层护城河上悠闲地生活，因为你害怕冲进大本营后被击退。"

"别轻易触及我的本质。"

"我不明白，可你这不是浪费时间嘛。不管怎么说，两个人高高兴兴地一起生活不是挺好嘛。"

"我有我的做法，可不接受别人指手画脚。"

"为什么你会这么想呢……可真是个白痴。不过我就喜欢你这一点。"

我转移了话题："我说，发生什么有意思的麻烦没？"

"那个，发生了很多。现在稍微安稳些了。"

事务局局长给我讲了学园祭期间发生的各种事。有喝了酒在厕所闭门不出的家伙、有暗中活动的宗教团体、有未经许可贩卖奇怪食品而引发卫生问题的家伙、有偷盗立式广告牌和木材的盗窃团伙，还有谜一样的不倒翁到处出现……这些频繁发生之事都太符合这个白痴活动的风格了。

"韦驮天[1]被炉也不好对付。"

"韦驮天被炉？！被炉就被炉，韦驮天又是什么？"

"一群奇怪的家伙扛着被炉在校内游荡。因为神出鬼没，所以叫它韦驮天被炉。"

事务局局长指向身后的校内地图。地图上星星点点的标签标示着韦驮天被炉出没的地点，遍及整个校区，的确不辱韦驮天被炉的大名。

"要是只在学园祭上游荡，不用管他们也行啊。"

"他们邀请人们到被炉里吃东西。在没有许可的情况下，这样干可不行，要是发生食物中毒事件怎么办？"

"地图上还有许多贴着贴纸的地方，那又是怎么回事？"

"是顽固王事件。"

事务局局长说，困扰事务局的两大问题，便是韦驮天被炉和顽固王事件。

《顽固王》。

这是在校区各处临时上演的短剧的总称，是流动戏剧。

学园祭开幕那天上演时，因为演出时间不到五分钟，所有人都以为是不知所云的街头表演。但这部短剧总是频繁出现，传来传去，将片段的信息连接在一起，便能对剧情全貌了然

---

[1] 佛教中善于奔跑的神。

于心。

在学园祭中，顽固王和不倒翁公主命中注定般地相逢了。

他们一见钟情，却忽然被活生生拆散。因为顽固王生性顽固，多为朋友误会，得罪了众多社团，中了他人的圈套，最终行踪不明。不倒翁公主时刻思念所爱的顽固王，向设下圈套的敌人进行了"耳朵里塞棉花糖""从领口灌布丁"等一系列复仇行动。

流动戏剧《顽固王》以不倒翁公主为主人公，将实际存在的社团名放入剧中，剧情虚实结合，从而诱发了把剧情信以为真的社团相关人士的争吵，以及到狭窄的走廊上看热闹的观众被挤倒等众多事件，受到了广泛关注。不知不觉间，策划这部剧的主谋便被人叫作"顽固王"了。

"据说顽固王正藏在某处写剧本。当天上午发生的事，下午就被他当作素材写出来，从这一点来看，应该不是骗人的。"

"这家伙还挺讲究。"

"事务局已把他视为学园祭恐怖分子。"

"话说回来，故事进行到什么程度了？"

"今天上午演到顽固王还活着，被幽禁到了某个地方，这又成了不小的话题，还有人用餐券打赌顽固王与不倒翁公主能否再相见呢，八比二，多数人还是赌大团圆结局。"

"顽固王可是相当顽固，不可能出现大团圆结局吧。"

"其实他们想的东西倒是挺有意思。虽是立场使然，我不得不赶人，其实却希望他们能按照自己喜欢的方式去做。"

事务局局长脸上浮现出一抹可以称之为妖艳的微笑："不过，我也不是那么好说话的。"

我们正聊着，一位事务员气喘吁吁飞奔而来，喊道："操场上正在上演《顽固王》！"事务局总部立即一片哗然。局长把茶泼了出去，表情夸张扭曲，明显乐在其中。

"竟敢小看事务局！"

接着，他们便吵吵嚷嚷地出去了。

我觉得有趣，便跟在后面。操场中央，事务局的工作人员和四处逃窜的剧团成员正在上演牧歌式的大追捕。《顽固王》相关人士都缠着深红色臂章，用洪亮的声音宣称自己是该剧演员。

我在摊位上买了名为"男汤"的年糕小豆汤，一边啜饮一边看热闹。一个女生向我这边逃过来，"咣"的一声撞在我身上。热热的年糕小豆汤四溅，"啊呀呀！"她发出像在打拳般的尖叫。事务局的工作人员飞奔而来将她逮捕。被捕的只有她一个。

在尘土飞扬的操场中央，披散着长发的女演员被强行按坐在地，身旁有个苹果大小的不倒翁在滚来滚去。事务局局长用力踩住不倒翁，怒视着挺胸抬头、一身傲气的她。根据局长的描述，她应该就是传说中《顽固王》的主人公不倒翁公主了。

"这可怎么办呀，主角都被抓了，故事岂不是要结束了？"

"主角都已经被抓三次了，每次都找人顶上，就像蜥蜴的尾巴一样。"

"能代演的人有的是，"女主角得意地说，"只要顽固王的剧本在写，戏剧就可以继续演下去。我不会告诉你他在哪里。"

"浑蛋！又不能拷问！"

然而，那时我已无视事务局局长的愤怒，发着呆。

因为我的心已经被一个打算离开操场的人影吸引。那一瞬间，充斥在这场白痴活动中的嘈杂都退潮般离我远去，全世界都朝那个横穿我视野的人影集中、悸动。

那纤细娇小的身形、整齐的黑亮短发、猫咪般随意的步伐……身为她背影权威的我怎么可能看错？！那个慢吞吞走出操场的人，正是我用迂回战术迂回了半年，双眼充血一直追寻的她！

奇怪的是，她背后背着一个巨大的红鲤鱼玩偶，对投向自己后背的好奇视线一无所觉，毅然决然地向前方的综合馆迈进。

"那再见了。你好好工作吧！"

我向事务局局长挥手告别，慌忙随她而去。

她为什么要背着那种东西？我心想。

🍎

下面由我来回答问题。

我背的的确是如假包换的红鲤鱼玩偶，是在操场上的射击屋玩"射中你的心"游戏，正中靶心赢来的。

我一直是个运气好的孩子。像我这样顽皮的女孩，头盖骨完好如初地活到现在，一定有比平常人多一倍的好运气。小时候还自暴自弃地骑上三轮车，以儿童不宜的速度骑下斜坡，把妈妈吓得昏倒。姐姐将拯救愚笨的我的种种幸运，称为"神的随心所欲主义"。

神的随心所欲主义万岁！南无南无！

我第一次去学园祭，竟然得到了这样巨大的红鲤鱼，真是太幸运了！未来还有什么更有趣的事在等着我呢？我的兴奋无止境地攀升。射击屋的人向我提议"要不要换成小的东西"，但被我郑重地拒绝了。因为红鲤鱼是很吉祥的鱼，它特别大，也应该特别吉利。就是这样。我在这里与它相逢也是有缘，不能因为它比我高就放弃。

"能不能给我一根绳子？我要背着它走。"

虽然简直要被这鲤鱼的气势压倒，我还是深吸一口气，挺起胸，像河豚那样瞬间膨胀了一圈，威风凛凛地走出去。

走出操场来到综合馆，发现为学习而设的教室焕然一新。富有才华的学生们集中了智慧，洒下青春的汗水和泪水精心制作出来的结晶，像画卷般逐一呈现在眼前。这里正是青春的舞台。我第一次参加学园祭，沉迷其中不能自拔。

很快，我找到了"酒精研究会"。我深爱着酒，精神为之一振，摇了摇身后的红鲤鱼。大白天居然能在学校喝酒……这种违背道德的喜悦会让酒变得更美味吧。进去看看，就这么办！

一进去，我发现小小的手工吧台里备着各种牌子的酒，这是多么具有魅力的美酒世界啊。

一位眼熟的女子正坐在那里，边和男学生聊天边喝酒。正是我之前在木屋町结识的羽贯小姐。

"羽贯小姐，你好。真是奇遇啊。"

"哎呀呀！好久不见啊。来，喝酒。"她端详着我说，"话说回来，你为什么背着那只红鲤鱼？"

"这是我运气好，在射击屋得到的。"

"那么，让我们为这条大红鲤鱼和你的幸运干杯！"

我喝了朗姆鸡尾酒。

"羽贯小姐又不是学生，为什么会出现在这里呢？"

"樋口让我来参观一下，我就来了。"

"樋口先生也来了？那真是太好了。"

"你想见他？他在那个楼梯间。"

樋口先生就是那个经常用破旧浴衣裹身、自称职业是天狗的人。若是将我读大学以来遇到的怪人按奇怪程度在东大路从北向南排下去，樋口先生应该会排在这不可思议行列的最北端。他这个样子出现在学园祭上，那么天狗就是避人耳目的假面具了，他的真实身份是不是大学生？"樋口先生，你究竟是何方神圣……"我一边想一边跟在羽贯小姐身后，沿着教室前面的走廊下了楼梯。

墙上贴满无数传单的楼梯间放着一个被炉。樋口先生正与一位陌生男子吃着火锅。在飞扬着青春的汗水与泪水、令人感动的大型庆典如火如荼地进行时，他们居然优哉游哉地吃火锅！我钦佩这种我行我素的人。

樋口先生笑着说："哎呀，又见面了。"

"真是奇遇啊。"

"来，你快来大口尝尝这个豆浆锅。"

我和羽贯小姐一同钻进被炉。

"到用被炉的时候了啊。"我说，"真是好暖和呀。"

"是吧？！这个叫韦驮天被炉。"

"被炉就被炉，韦驮天是怎么回事？"

"这个被炉会到处移动，因为事务局太烦人了……哎呀，不好意思，忘记介绍了，这是内裤总头目。"樋口先生指着坐在身旁的男子说道。

不知这位内裤总头目是不是在效仿樋口先生，他也穿着破旧的浴衣，脸部轮廓突出，仿佛将不屈的斗志紧紧封存在眉间，他的身材也很好，背挺得笔直。若是生对了时候，他定是一国之君。他炯炯有神的大眼睛盯着我，向我默施一礼。

"一年前他决心完成某件事，便去吉田神社许愿，发誓在如愿以偿之前不换内裤。只要意志坚定，鬼神也会避让；心诚志坚，则水滴石穿。他最终破了历届纪录，打败了各大社团的内裤头目，光荣地当选为内裤总头目。"

"内裤总头目……岂不是很不光彩？"

听羽贯小姐这样一说，樋口先生摇了摇头："你不懂这种浪漫吗？"

"这种脏兮兮的浪漫谁会懂！"

"您一直都没换内裤……"我战战兢兢地询问。

内裤总头目重重地点点头。啊！神明，请守护不换内裤、莽撞冒失的他吧，别让他染上各种下半身的疾病！

发觉我一点点离开被炉，他便举起手，说："请放心，我没有坐进被炉里。"

我一看，他果然在被褥外面正襟危坐。即便挺胸抬头坚持自己选择的路，仍不忘考虑周围人的心情。我十分钦佩，不愧是一位绅士。

"这是作为内裤总头目应该注意的。"

"不换内裤，人类能活下去吗？"

"立刻就会得病。"总头目脸上浮现出和蔼可亲的微笑，"但还是在努力活着。"

🍎

豆浆锅很好吃，和樋口先生、羽贯小姐及内裤总头目在一起也很愉快，但我还需要利用午后所剩无几的时间看遍学园祭的各个角落，这是我的任务，于是只好含泪挥别舒服的韦驮天被炉。"我们一贯神出鬼没，要是运气好，再相会吧。"樋口先生向我挥手道别，"话说这条红鲤鱼很不错啊，你拿到了好东西！"

告别了韦驮天被炉，我去看了一圈教室里的展览。

其中印象最深刻的，要数电影社团"禊"独立制作的电影了。片名叫《鼻毛男》，用纪录片形式讲述了一个男人因为鼻毛一天会长一米而失去工作与恋人，从此一蹶不振的故事，是部杰作。要是自己的鼻毛也变得那么长，可怎么办呀？我看得紧张不已，手心捏了一把汗，手帕也始终不离手。创作这部电影的人真是天才。可是遮光窗帘拉开时，我却发现哭泣的只有我一个。为什么大家都在笑呢？鼻毛都长到一米长了，没什么好笑的啊。

在落语研究会，我听了"乙女山"的神奇故事，简直笑得肚子疼；在鬼屋，因为太可怕了，我用"朋友之拳"把吊着的魔芋给打了；在美术社，他们给我画了肖像，把那条红鲤鱼也一起画上了；在京福电铁研究会这个社团，我看到了从前在连接京都与福井的梦幻铁道上行驶的三层电车模型，感叹它奇异的形状。

唯一的遗憾是没有进"万国大秘宝馆（闺房调查团青年部）"里面看看。"大秘宝馆"这名字听起来颇为魅惑，激起了我的好奇心，然而却被告知"这不是你应该来的地方"，吃了闭门羹。我到底哪儿不行了？令人懊恼的是，获准进入的男人们却一边嘿嘿笑着，一边在里面做什么有趣的事。我无法抑制像棉花糖一样逐渐膨胀的好奇心，几度试图闯入，都被挡了回来，真是遗憾。

虽然遇到了这样的挫折，我还是把学园祭的东西大体看完了，愉快地度过了一天。接下来，我遇到了迄今仍然难忘的"大象屁股"。

読者诸贤，好久不见。

下面，请想象一下。

比如在这里，有一个看了不知是谁出于何种目的创作、完全不知所云的电影"鼻毛一天长一米的男人"而感动得热泪盈眶的善良少女，她有用"朋友之拳"打吊在鬼屋里的魔芋的斗志，有认真倾听"以前京都与福井就是靠这条铁路连接"这通毫无道理的大话的纯真，更有想硬闯"万国大秘宝馆"等奇怪展示馆的好奇心，更何况还背着一条与她可人的身躯并不相配的巨大红鲤鱼。

她会给人们留下什么印象呢？

毫无疑问。

极为引人注目。见过她的人都念念不忘。

尤其是男人，个个是白痴，大多数都脑袋短路，将她的好奇心与温柔误解为对自己的好感。我向他们问起她的事，他们都带着初沐爱河时那种做梦般的眼神，嘟囔道："那个背红鲤鱼的女孩我看见了。那个女孩真好，真是个好女孩！"

突然云集的情敌让我焦躁不已，我很想抓住他们的肩膀，高声宣称："她的眼中没有你们！"然而射向对方的毒舌之箭没等射出，便更加迅猛地弹回来，让我小声嘟囔："可恶，她的眼中也没有我！"

我追寻她像踏脚石般延伸的充满魅力的行踪，一步一步来到这愚蠢庆典的深处，却只听别人说见过她，始终未见其人。

未曾见到她，我却看到了奇怪的展示品"大象屁股"。我无意中吐出"什么呀，无聊"这样失礼的言语，激怒了接待处的女生。她让展示物的屁股喷出像瓦斯一样的臭气。倒是不错的创意，但无奈气味太臭，我只好仓皇逃走。简直是欺人太甚！我边走边在走廊里又踢又踹。

🍎

　　我从厕所里出来，在走廊里发现了一个走路像跳舞一样的怪人。看背影像是街上经常遇见的学长。他一直十分稳重踏实，现在却对地板又踢又踹，似乎是被什么事气到了。只见他一边挠着头，一边下了楼梯。

　　到学长走来的走廊深处一看，一个写着"大象屁股"的大招牌现出身影。又是一个充满魅力又可爱的名字。好奇心驱使我进去看看。

　　在接待处的桌子前，一位不知为何一脸忧郁的美丽女生孤单地坐着。前方垂着黑布帘，让人猜不到里面到底是什么。接待的女生正专心地将几个不倒翁串起来。我向她打招呼，她"哎"了一声，抬起头。

　　"展示的是什么啊？"

　　"可供人摸的大象屁股。"

　　"是实物吗？"

　　她露出柔和的微笑，宛若轻拂鸭川堤坝的春风。"不是实物，但尽量再现了实物的手感。"

　　"那我想摸一下看看。"

　　进入被遮光帘遮住的教室，墙上凸起一个又大又圆的惊人之物，沐浴着灯光。看起来就像旁边的教室有只大象将屁股陷入墙内无法脱身。虽然是人造的，但想到要摸大象的屁股，我还是又喜悦又害羞。我难为情地碰了一下，不料又刺又痛，触感竟是几乎可以让手出血般粗糙。我不觉大声呼痛，负责接待的女生在帘子后问："没事吧？"

"不好意思，没事。"

大象的屁股居然如此可怕。看起来那么滑稽可笑，结果竟是打碎我一知半解的理想、龇牙咧嘴的残暴屁股。我摸了好几次大象的屁股，让手掌记住现实的残酷。

"你真的是很感兴趣啊。"接待的女生从帘子后探出头来，"这样认真地抚摩大象屁股的人，你是头一个。"

"这个主意真棒，我了解到了现实的残酷。"

"是啊。大象的屁股摸起来居然是这样痛，光看电视是了解不到的。"

"这是您亲手做的吗？"

"是啊，花了我不少时间呢。"

"真是大作啊。"

接着，我和她一起抬头看着大象的屁股。她说："但是，不管大象的屁股多么难摸，你不觉得它还是挺不错的吗？"

"同感。圆圆的，还那么大。又大又圆的东西是好东西啊。"

"地球也是又大又圆的呢。"

我们同时笑了。

通过让大家抚摩超写实的大象屁股，让人们了解现实的残酷，这是多么新颖又深刻的创意啊。我离开大象屁股，在走廊上仍钦佩地想："大家都是很有想法的人啊。"相比之下，我是多么无趣。我要扩大见识、增长经验，成为在不远的将来能亲手触摸真实的大象屁股、拥有不输红鲤鱼的才能的成熟女人！身高最好也长一点。

不一会儿，我再次路过刚才韦驮天被炉所在的楼梯间，那群人已踪迹全无。真是不辱其名啊！一个苹果大小的不倒翁孤零零地立在那儿。我与不倒翁四目相对，心想，不倒翁也是圆圆的啊。

"可爱的小东西啊，你的名字叫不倒翁。"我抚摩着不倒翁说道。

这时，不远处传来"铛铛"的响亮锣声。"回避！"的奇异之声接踵而来。几位学生慌忙集中起来，取出深红臂章，飞快地缠在胳膊上。

"下午两点，《顽固王》开演！"

从楼梯到走廊，都回响着敲锣的女生洪亮的声音。

"第四十七幕！"

我被此等气势震慑，退避到楼梯下的走廊上，激动地搓着双手。在走廊上突击上演戏剧也是新奇的主意。听到开场白的学生们为了看热闹聚过来，不一会儿便人山人海。独立电影社团"禊"的团员们将人群一分为二，来到我身旁。摄影师见到我，说："哎，是你啊。刚才谢谢了。"

"您要拍摄这部剧吗？"

"我们是《顽固王》的特别跟踪团。"

敲锣的女生从腰间的卷盘拽出绳子，拉起了线。这期间，其他团员将长短可控的杆子伸长，搭建内部结构，张开黑幕做背景。一分钟也没有浪费。楼梯间瞬间就变成了戏剧的舞台。不料正准备开幕，他们的动作却停止了，凑到一起议论：

"公主还没来。"

"果然没逃出来啊。"

一位男团员低声说："要不你来？"腰间别着卷盘的女生说道："我只对小道具感兴趣。"忽然，她从楼梯间向我这边俯视，似乎看到了我的红鲤鱼。她以一副要夺过去吃掉的模样飞奔下来。我慌忙护住背后的红鲤鱼。

"你能不能代演？"

以前我也是在宴会上和公园一角开过独唱会的人，不能说毫无经验，但并没有满足专业人士要求的自信。见我一时语塞，她便拿出一页剧本。

"快点！照这个念！"

我深吸一口气，尽量让身子圆鼓鼓的。

这是我通过"大象屁股"了解到现实的残酷，正准备经历种种体验、将来成大器的时刻，若是卷起尾巴逃走，我会因言行不一被后世耻笑。不管怎么说，第一次参加学园祭便巧遇《顽固王》，还被委以重任，应该算是一种缘分。

我点点头接下剧本，边走上楼梯间，边大致浏览了一下。负责小道具的女生将斗篷披到我的肩上。

"怎么样？边看剧本边说台词也没关系。"

"不用，我已经记住了。"

《顽固王》第四十七幕

舞台：综合馆楼梯间

独立电影制作的商议会结束，电影社团"禊"的代表相岛拿着摄影器材下楼，不倒翁公主挡住他的去路。

不倒翁公主：汝乃电影社团"禊"的代表相岛？

相岛：埋伏暗处，呼人不带敬称，实为无礼，先报上名来！

不倒翁公主：天、地、人在呼唤，呼唤吾打败邪恶。想知道便告与汝。吾乃不倒翁公主是也。纵使汝不知吾之姓名，也应知晓顽固王之名。

相岛：全然不知。

不倒翁公主：那就让汝想起！（飞奔至相岛处，用绳子将其捆起。）

相岛：为何如此野蛮？可要叫警察了。

不倒翁公主：汝听好，顽固王被闺房调查团青年部的人引诱读黄色书籍，此情形不知被何人拍成电影播放，使其蒙受屈辱。高傲的顽固王直接去找拍摄者谈判，之后便杳无音信。闺房调查团已经供认——这卑劣至极的偷拍人就是汝，电影社团"禊"的代表相岛。

相岛：不知之事为不知。

不倒翁公主：那吾将如何待汝呢？这里恰巧有许多青豌豆，吾都塞到汝之鼻孔内，近距离拍摄，制作成名为《丑八怪》的电影，在电影节上播放如何？

相岛：啊！请千万别这样做！那样小人的美貌就完了！

不倒翁公主：那汝从实招来。吾思念之人顽固王现在何处？

相岛：小人全说！顽固王乃对电影有独到见解之人。在学园祭的播映会上，他对吾之电影十分轻慢，认为是"电影之耻，日本之耻"。吾丢尽颜面，对他怀恨在心也是理所当然。为报仇，吾串通闺房调查团青年部的人，密谋拍下顽固王沉迷于猥琐书籍的无耻影像。计划异常成功，逼真的影片使播映会热闹空前，青筋凸起的顽固王打上门来，当时的痛快真是难以忘怀。但后来之事吾亦不知。将杀将过来的顽固王抓住，从吾处带走的……（吞吞吐吐）

不倒翁公主：快说出幕后操纵者！

相岛：小人毫无保留，全部告诉您。是诡辩部的家伙们。他们才是比畜生还不如的大学生，是灵魂腐朽、自我中心的浑蛋，是滑头滑脑地玩弄诡辩、奸诈狡猾的鳗鱼！吾也好，闺房调查团青年部也好，只不过是他们的手下。他们以前曾被顽固王的诡辩驳倒，怀恨在心，为了惩罚顽固王，将他带到某个地方去了。

不倒翁公主：是吗？！

相岛：请务必高抬贵手！

不倒翁公主：不能饶了汝。顽固王所受的屈辱汝也要尝一尝！让美丽的青豌豆撑大汝的鼻孔，让汝在全天下人面前丢尽脸面！

相岛：哇！唯有鼻子这里请不要这样！我的美貌啊！我的人气啊！

不倒翁公主：（向相岛的鼻子里塞青豌豆）诡辩部——可

憎之名，吾已牢牢记住！！

　　我念完最后一句台词，黑幕便降了下来。听着随即响起的拍手喝彩声，我感受到了久违的感动。令人高兴的是，演相岛的剧团成员喷出鼻子里的青豌豆，夸我演得十分精彩："那么多台词，居然一下子就记住了，真了不起。"

　　"要是可以的话，下一场也一起演吧。第四十八幕应该会在北门演。"

　　团员们转眼间拆了舞台，摘掉臂章。负责小道具的女生一说"解散"，大家就向各处散去。简直像做梦一般，这里又变回了以前的楼梯间。观众们也三三两两地离去。电影社团"禊"的团员一边收拾着摄影器材，一边说："没想到我们社团居然也出现在剧中了，相岛那家伙大概会发怒吧。"

　　这时，我看到一只不知被谁踢飞的不倒翁在骨碌碌转。可爱的小东西啊，你的名字叫不倒翁。我追赶着不倒翁，可它竟然奇怪地滚个不停。

　　"能四处滚的小东西啊，你的名字叫不倒翁。"

　　"兄弟，这里有好东西哦，一定让你心潮澎湃！"

　　在人迹稀少的昏暗走廊里，一个看起来很不健康的学生凑到身旁和我搭话。

　　"这可是我们最得意的收藏，是只有男人才能进去的世界哦。"

接着，我被带到名为"闺房调查团青年部"的社团在学校一角秘密建成的"万国大秘宝馆"。暧昧的桃色灯光下，被遮光帘挡住窗户的昏暗教室里网罗了古今中外种种与男女性事有关的资料，充斥着呛人的男人味。教室的角落里，据说是团长卖了一个夏天的烟火才买来的充气娃娃（展示资料）孤零零地坐在椅子上。应该说，真正的白痴就在这里。占用着神圣的教室，却举办如此卑劣的展示会，同样是学生，真令人感到可悲可叹。他们如果懂些廉耻就好了。

我正在孕育浩然之气，审视这些展示品时，入口处忽然一阵骚动。戴着事务局臂章的家伙推开上前阻止的团员，走了进来，其中也有事务局局长的身影。他一见我，便苦笑道："哎哎，原来你也是色狼啊。"

接着，他板着脸环视桃色教室，拿起手边的资料，哗啦哗啦地翻着，嘴里念叨："这可不行啊，太猥琐了。真成问题！"

"猥琐调查团的同志们，你们要适可而止！"

"谁是猥琐调查团？！我们是闺房调查团！"

"叫什么无所谓。总之，这些只好都撤了。"

闺房调查团青年部的团员头碰头商量了一会儿，将几本写真集放到袋子里递给事务局局长，一脸谄媚的微笑。

"这是最近发现的新资料，您觉得怎么样？为了今后学园祭的运营，这类资料您也很需要吧？"

事务局局长不悦地接下来，静静地翻阅。仔细地看过"新资料"，他指着其他的展示品说："那个似乎也很有参考价值。"

团员们慌忙将他所指之物亲手呈上。事务局局长翻着写真集，点了点头："真是不辱秘宝馆之名的资料，长见识了。"

他与团员们重重地握了握手："务必要注意未成年人和女生啊。"

我同他们一起出了教室，对事务局局长说："你这个无赖！"他笑道："真是一出接着一出。刚才在那边的楼梯间上演了《顽固王》。等我们赶到的时候，他们已经演完了。"

"别再抓他们了吧。"

"那可不行，这是我的工作……倒是你，还没有见到她？"

"怎么也找不到，没办法。"

"你也不容易啊。你追赶着她，我追赶着顽固王。"

"她背着一个巨大的红鲤鱼玩偶。你见过吗？"

"啊！是她啊！我刚才在北门和她擦肩而过。"事务局局长随即露出惊讶的表情，"她好像在追一只滚来滚去的不倒翁。"

∽

与要回总部的事务局局长分别之后，我从综合馆向北走去。面向东一条街的北门前也林立着许多摊位。

天色变暗，气温渐寒。我嗅到了孤独之冬的味道。

反正今年冬天也是一样，北风吹遍灰扑扑的街道，将我那裸露的灵魂刺得体无完肤，让我寂寞地感冒。每年都是这样。一定是这样。接下来某一天，我拖着滚烫的身体去超市买东西，一群狂欢作乐不知廉耻的家伙出现在眼前。他们像扛花车一样扛着蛋糕和鸡肉疾驰而过。在因为高烧而视力模糊的我眼中，街上闪耀的灯饰应该很美丽吧。为什么街上这样耀眼呢？我很是不解，爬上通往住处的斜坡时才忽然醒悟：啊，对了，今晚是圣诞节前夜啊。

为了迎接这艰难的季节，我准备去寻找旧衣服。旧衣店的衣架背后飘来好闻的味道，我掀开布帘向里望去，发现一个眼熟的浴衣男正坐在被炉里吃火锅。

"啊，樋口先生，你在这个地方干什么？"

"哎呀，原来是你！夏天的旧书市之后我们再也没见过面啊。过来吃豆浆锅吧。"

正合我意，我高兴地钻进了被炉。除了樋口先生，还有羽贯小姐这位酒豪和一个不认识的学生。羽贯小姐趴在被炉上，拿着斟满的酒杯喝起来。我一进被炉，她便想舔我的脸。我险些中招，连忙闪开。羽贯小姐像怪鸟一般咯咯笑了。天还没黑，她就醉得差不多了。

"欢迎来到韦驮天被炉。"樋口先生说。

"哦，这就是事务局局长在追赶的韦驮天被炉吗？"我震惊地说道，"但凡出现怪事，背后总是有樋口先生啊。"

"喂，奉承话就免了吧。"

我吃了热热的豆浆锅，身体开始暖和起来，这才注意到一直坐在旁边一言不发的谜一样的学生。他脸色很为难，在写着什么。见我时不时看他一眼，樋口先生吸着马铃薯粉条说道："他是内裤总头目。"

我听说过这个威震校内的名号，于是怀着敬畏和怜悯之心看向这位沉默的男生："为什么叫内裤总头目？"

樋口先生说"这可是个悲伤的故事"，然后催促他开口。

内裤总头目放下笔，从被炉中取出小小的不倒翁，一分为二，把刚才写字的纸折小放到里面，又将它恢复原状。他一声不响地完成这奇妙的手工作业，把放好纸片的不倒翁放在被炉上，然后才向我转过头来，认真地说：

"是去年学园祭上的事了。我本来觉得学园祭这种东西无聊透顶，根本没有去的打算，但系里的朋友要参与戏剧演出，只好一起去了。离开演还有一点时间，我在法学院的中庭休息。舞台是用收集来的破烂搭成的，脏兮兮的。我在角落里坐着发呆。过了一会儿，一个看起来很疲惫的女生走过来，也坐了下来。我一开始只是想，有个女生在这里啊。接着就下起了苹果雨。"

"苹果雨？"

"后来我才知道，法学院的某位教授在商店买了苹果准备带回研究室，在走廊里不小心摔了一跤，把苹果全都抛了出去。苹果飞出窗户，落到中庭。红红圆圆的东西零乱地从天而降，我奇怪地站起身，这时看见了旁边的她。她正好也在看我。我们对视的一瞬间，苹果落到各自的头顶，'嘭'的一声弹起来——就在苹果弹起来的那一刻，我喜欢上她了。"

内裤总头目的思绪似乎飞向了远方。

"那正是所谓的一见钟情。"

我见过许多为爱狂热的男人，却从未见过像他这样全然陶醉其中的面孔。我甚至无法嘲笑他。可以说，他是在"全心全意地恋爱"。

"我和她捂着头呻吟了一会儿，接着笑了。我们居然看到苹果从天而降，在彼此的头上弹跳，真是稀奇。因为这个，我们开始交谈。那时我已经头晕目眩，不知道自己究竟说了些什么，只记得她用银铃般悦耳的声音给我讲了深大寺不倒翁市集的故事。她说很喜欢不倒翁，最喜欢又圆又小的东西……"

他又现出哀伤的表情。

"可是，那时我不知道究竟该怎么办。我和她只是看到苹果在彼此头上弹跳的关系，向她要联系方式太冒昧了，所以只能和她聊些无关痛痒的话题，后来她被朋友叫走了。分别以后，我始终不能忘记她。很想再见她一面，听听她的声音，但在学校里怎么也找不到。我越来越痛苦，最终下定决心去吉田神社许愿：除非与她重逢，否则我再也不换内裤！"

樋口先生双手抱胸，钦佩地点了点头："所以他才被叫作内裤总头目。真是佳话啊，男人中的男人！"

"可魄力用得不是地方啊。"羽贯小姐喝着酒嘟囔。

他的想法是好的，可给人的感觉却是与初衷背道而驰。我赞美他全力向反方向冲击的勇气，主动和他握手。我并不认为这种"欲罢不能"的生活方式与自己无关。

"希望你能再次见到她。"

"我坚信今天能看见她，还做了准备。"

我站起身。"是啊。我也不能在这里舒舒服服地吃豆浆锅了。就算有些随心所欲主义，我也要亲手争取幸福的大结局。"

樋口先生钻进被炉，问："你要走？"羽贯小姐则打了个哈欠。

就这样，我又一次迈开步子——只是她究竟在哪里？

🍎

那个时候，我想起了方才挂着"男汤-黑色浑蛋"的有趣招牌的摊位，又回到了操场。"黑色浑蛋"实际上就是年糕小豆汤。

左手拿着不倒翁，右手端着年糕小豆汤，身后背着红色锦鲤，我以这副尊容走在操场上。我不能吃太热的食物，所以不能马上喝下年糕小豆汤，但天色已晚，冷风一吹，舌头便可以适应小豆汤的温度了，身后也因为有红锦鲤变得暖暖的。

操场上除了卖食物的摊位，还有街头表演者、减压屋等。大家都下足功夫团结一致，将学园祭这奇特的庆典搞得热热闹闹，真是了不起。吃完年糕小豆汤，我交钱进了减压屋，用"朋友之拳"打沙袋。

身体暖和起来，我离开操场走向北门。那里也有各种店铺，比如卖法兰克福香肠的、卖烤饭团加可丽饼的、卖旧货的、卖手工首饰的、卖旧衣服的，宛若黑市般充满活力。我被假面骑士 V3 玩具吸引着坐下来，发现旁边还坐着一个人。她看了看我，说了声"你好"。是设计"大象屁股"那个新颖题材、告诉我现实有多残酷的女生。

"真是奇遇啊。"

"我大老远就看见你了。你背后的鲤鱼太引人注目了。"

"你不看着大象屁股没关系吗？"

"没问题。我让朋友帮忙看着，再说也快要拆了。"

"啊？拆了？那太可惜了啊。"

"教室里也不能总放着大象屁股啊，那样就没办法上课了。"

她拿着一串用细绳系在一起的不倒翁。我赞叹道："真棒！"她高兴地点点头，说："我捡了许多不倒翁，就把它们串在一起了。"

"真有创意。我特别喜欢不倒翁。"

"我也是，我最喜欢又小又圆的东西。"

我给她看自己捡到的不倒翁，她便说要把用细绳串在一起的不倒翁送给我，我高兴地收下了，将不倒翁套在脖子上试了试。她笑着说："你真是个有趣的人。"

然后，我们逛了逛摊位，发现了一家纸箱里堆满苹果的店。"一天一苹果"乃天下无敌的健康之法，可我已是背后有红鲤鱼、左手有不倒翁、脖子上挂着不倒翁项链、右手拿着可丽饼的不自由之身。正在烦恼，学生店员问我要不要用不倒翁交换苹果。我有很多不倒翁，他的要求正合我意。于是，左手握着的不倒翁换成了红彤彤的苹果。大象屁股女生也买了一个。

我们在北门旁坐下，啃着苹果聊天。

"你为什么想做大象的屁股呢？"

她用衣服擦了擦苹果，美丽的眼睛盯着它。

"是去年学园祭上的事了。我和朋友约在法学院的中庭。

那里搭着一个不知是谁制作的舞台，也没人用。有个男生独自坐在一旁，我也坐下了。然后，我正发着呆，忽然天降苹果雨。"

"真是不可思议的天气啊。"

"不知是谁从法学院的窗户撒落的。天上降下红色的果实，我吃了一惊，看了坐在身旁的男生一眼。他也在看我。结果就在四目相对的一瞬间，苹果落到了彼此的头顶上，弹跳起来。居然还有这样的巧合啊。苹果砸到头倒是挺痛的。我和他忍不住笑了，后来就开始聊天。他是个非常有趣的人。我现在已经记不清当时说了些什么，但他给我讲了大象屁股的事。"

她咪咪地笑着，咕噜咕噜地转着手里的苹果。

"朋友很快就来叫我，我和他告别了。学园祭结束，我回归日常生活，度过每一天。可是我总会想起他，脑子里全是他和大象屁股，他和我说的话中，我唯一清楚记得的就是大象屁股。可是在校园里再也没见过他。某一天我下定决心，要在学园祭上做大象屁股。制作东西的时候也可以忘记痛苦……"

"原来是藏有爱意的屁股啊。"

"要是在学园祭挂上'大象屁股'的招牌，他也许会觉得有趣然后过来看看呢。"她嘟囔道，"但似乎未能如愿。"

多么美好而又令人唏嘘的故事。虽然我一直都与恋爱无缘，无法替她分担心中的痛苦，可如果像她一样恋爱了，我一定也会一心一意制作大象屁股。对，一定是。我想象着她一边思念那个男生一边努力创作的身影，险些落下泪来。

这时，戴着红色臂章的剧团成员从综合馆飞奔到摊位间。

其中一个腰间挂着卷盘的女生看见我，脸上现出兴奋的光芒。
"找到了！"她从地上捡起一个不倒翁，向我这边用力挥舞，
喊道，"出场了！出场了！"我擦着眼睛站起来。

"下午三点，《顽固王》开演！"

女生洪亮的声音响彻广场。

"第四十八幕！"

《顽固王》第四十八幕

舞台：北门

第二十五届诡辩大会结束后，诡辩部的主力芹名雄一走
过来。他边走边一脸严肃地跳诡辩舞。不倒翁公主挡住他的
去路。

不倒翁公主：汝乃诡辩部主力芹名？

芹名：在下正是诡辩部主力芹名雄一。唤吾者何人？快报
上名来！

不倒翁公主：吾乃不倒翁公主。纵使汝不知吾之姓名，也
应知晓顽固王之名。

芹名：哎呀，我从来不识名字如此生僻之人。

不倒翁公主：少装糊涂！（飞奔至芹名处，用绳子将他捆
绑起来。）

芹名：竟敢如此粗野！法庭上见！

不倒翁公主：汝听好。吾已将电影社团"禊"的代表相岛抓获，在吾真心诚意的劝说下，相岛已坦白汝等诡辩部对顽固王怀恨在心，将其带走之事。汝还想装糊涂？！

芹名：不知之事为不知。

不倒翁公主：那如何待汝是好呢？此处碰巧有条丢人现眼的桃色内裤，让汝穿上，将汝丢在百万遍十字路口倒也有趣。

芹名：桃色！且为内裤！噢，难道佛祖与神明都不在吗？

不倒翁公主：汝通通交代为妙。吾思念之人顽固王今在何处？

芹名：小人全部招来。顽固王乃坚定的诡辩者。他那随口抛出歪理邪说、宛若鳗鱼般滑不溜丢的姿态，让不分昼夜拼命努力的吾等相形失色。在吾等举办的"米饭原理主义者VS面包联合组织"辩论赛会场上，顽固王的辩论让吾等输得彻头彻尾、哑口无言。诡辩部在诡辩之中被驳倒，此为难耐之辱，吾等将顽固王怀恨在心也情有可原，正准备将其带走，封上那不断吐出诡辩言辞之口，然而，另有人将顽固王从吾处带走……（做吞吞吐吐状）

不倒翁公主：快道出背后之人！

芹名：小人毫不隐瞒全部招来。是学园祭事务局那群乌合之众。他们视兴风作浪的学生为天敌，乃力求万事平息主义者。为使学园祭顺利落下帷幕，他们将学园祭的恐怖分子顽固王监禁在某处。

不倒翁公主：是吗？！

芹名：请务必慈悲为怀！一切皆为任性的命运女神作弄，

小人实为机缘巧合下被迫充当坏人的可悲之人。今后将洗心革面，发誓效忠于您，为救顽固王不遗余力。

不倒翁公主：善以三寸不烂之舌蛊惑女子之人正是汝。谎称不知之言犹在耳畔，居然还敢厚颜无耻地说出"不遗余力"。一旦机缘巧合便乐于作恶，一见形势有变便将命运女神作为借口，汝等轻薄男子再适合这桃色内裤不过！

芹名：哇！请千万不要，千万不要！不要做此种卑劣行径！

不倒翁公主：（给芹名穿上桃色内裤，握着拳头站起身。）学园祭事务局——可憎之名，吾已牢牢记住！

闭幕后，掌声尚未停歇，剧团成员已慌忙拆掉舞台，忍者般混入人群中离去。这种没有享受片刻成功余韵的克制令人惊叹。离去之际，负责小道具的女生拍着我的肩膀，说："那我们下回见啦。"

我正为演完剧深呼一口气，"大象屁股"女生走过来。她那美丽的脸庞兴奋得通红，笑着说："我第一次看《顽固王》。演得真是太棒了！声音听起来也不一样。"

"过奖了。"

"那再见了。和你分别真是很遗憾，但我一会儿就得准备收拾东西了。"

我依依不舍地与她分别，走出北门。就这样从东一条街向北，开始了朝校本部探险的旅程。

⟨apple icon⟩

　　从正门向北走，那里也有很多摊位，钟塔耸立其后。工学院方向有一家卖苹果糖的店。苹果糖！那可是小摊上的王牌产品！我开心地买了一颗。又甜又圆的东西就是好啊。

　　我舔着可爱的苹果糖继续向前走，忽然察觉到轻微的骚动和紧张的气息。我发现工学院两栋校舍之间的狭窄小巷里挤满了人。大家都屏息望向空中。我也抬头向空中看去，结果大吃一惊！连接两栋校舍窗户的钢丝上，有一个手持长棍的男生在缓缓走动！问过看热闹的人才知道，那位男生走过连接二楼的钢丝之后，又走了三楼和四楼的，逐渐提升高度，现在终于开始走五楼的钢丝了。这是多么不怕死的冒险傻瓜啊。

　　男生终于走过去了，看热闹的人们也终于松了一口气。

　　我一方面赞赏他的冒险精神，一方面又觉得他不能把生命当儿戏。被这样的使命感驱使，我进入他走过的校舍，开始爬楼梯，但没有上到五楼。楼梯被一只纸糊的大招财猫堵住了，怎么也过不去。我有些不满，但那只招财猫的造型很别致，大得简直要冲向天际。我忘了最初的目的，感叹着用手戳它那又大又软的肚子。

　　"我可是会把那条红鲤鱼吃了哦。"

　　招财猫忽然骨碌碌地转动眼珠，说了这样一句话。

　　我当时的震惊可真是无以言表。向走钢丝的冒险大侠讲述生命重要性的热情瞬间烟消云散，我慌忙逃走。真是又遗憾又可怕。

为了平复心情，我不停地舔着圆圆的苹果糖，逛起在文学院旁边发现的旧书市。我看着挤满纸箱的旧教科书、杂志和唱片，开心地回忆起今年夏天在旧书市与这些意外之宝相遇的事。夏季幸福的回忆和苹果糖把心变得柔和饱满，我一下子恢复了精神，向法学院的校舍走去。

大教室前立着辩论会的牌子，我决定进去看看热闹。里面垂着写了"米饭原理主义者 VS 面包联合组织"几个大字的条幅，讲坛上并排站着几个表情严肃的学生。

"现在还吃饭团的落后分子该被狗咬吧？"

"就那么喜欢面粉？日本人就该吃米！"

我震惊于这从一开始就不分缘由的对骂。不过这和相扑比赛前撒盐净场同理，只有经过煽动斗志的仪式，才能进入真正的辩论。我向旁边的人询问情况，才得知这场辩论会是由诡辩部主办的，宗旨是"将并不拘泥于非要吃米饭或吃面包的人，硬分成米饭派和面包派进行辩论"。

顺便说一句，我是米饭和面包都喜欢，是见风使舵主义者，真是不好意思。

辩论终于要进入尾声了，主持人暂停辩论，开始征求会场内观众的意见。在场之人逐一发表意味深长的看法。主持人最终将目光落到我的红鲤鱼上，问道："这位观众，您是怎么认为的？"拿着麦克风的人跑到我身边，敦促我发言。

"如果是你，米饭和面包会选哪一个呢？"

我陷入沉思。

从卖可丽饼的女生那里，我得知背着红鲤鱼、戴着不倒翁首饰的女生朝钟塔走去的消息，于是也朝校本部走去。我混在络绎不绝的行人中走进正门，沐浴在夕晖中的钟塔屹立在那里。

我追在闪耀着光芒的她身后，在校本部徘徊。听说她买了苹果糖，她和苹果糖的搭配让我觉得充满魅力，我也买了苹果糖边舔边走。经过工学院的时候，看见一个在校舍间走钢丝的傻瓜被事务局工作人员押走，不禁心想，真是个白痴。

走到法学院，我再次听到了有关她的传闻。背着红鲤鱼的娇小女生混入了诡辩部主办的"米饭原理主义者 VS 面包联合组织"的辩论会，主张"那就吃饼干好了"，掀起一阵波澜。然而，当我冲进法学院的大教室时，辩论会已经结束了。取而代之的是"四分之一世纪的孤独"，彻底讨论超过二十五年没有恋人的男人该如何与女性交往，我被热烈的辩论深深打动了。

就这样，我在吹着寒风的新旧校舍之间东奔西走。然而，有关她的线索却中途夭折，无法得知她的行踪。我在校本部绕了一圈，回到正门前。已经过了午后三点，结束买卖的摊位开始拆除，四周不知不觉已沉浸在黄昏的气氛中。

钟塔前广场的一角，推理小说研究会的长桌上在售卖《顽固王事件解析》，销售人员高声喊道："马上就要上演最后一幕了！买了这一本，之前的剧情尽在掌握！"

不知为何，我也买了一本。

这是一本用订书器将复印件订在一起的简单小册子。但上面既有《顽固王》四十八幕的简介，也有作为反面角色登场的各个社团的介绍，还有登场人物的关系图。

《顽固王》的情节设置是与不倒翁公主敌对的各大社团互相推卸责任，黑幕之后又有黑幕。值得注意的是，真实存在的社团——登场，虽然毁誉参半，但它并没有局限于单纯的街头表演，而是引发了火爆的话题。表演方式和营造话题的技巧才是《顽固王》的精髓。结局请读者自行前去观赏吧。被命运之绳连在一起的两个人究竟能否再次相逢？幽禁顽固王的地方究竟是哪里？而且顽固王如果现身，将是何许人也？

我正沉迷于阅读小册子，风将一张传单带到脚边。

捡起来一看，是《顽固王》最后一幕的宣传单，上面用夸张的大字写着："名垂学园祭青史、正在上演的流动戏剧《顽固王》即将完结。快来目睹这一历史瞬间吧！"

比上面这段话写得更大的，是"更换女主演"。看到新不倒翁公主扮演者的肖像，我呆立在原地。美术社成员笔下的新不倒翁公主，千真万确就是她！我心想，发生了这么大的事，我居然毫不知情。本以为她只是在填不平的护城河对岸，不料却离我越来越远。命运弄人，她不知为何担当起了如此重要的使命，我却只是在这里被冷风吹袭，沦落为路边的石子……

两个男生手里拿着宣传单在议论，话语传入我的耳朵。

"听说《顽固王》的女主角换人了。"

"是吗？什么样的人啊？是不是超美？"

"背着超级大的红鲤鱼，戴着不倒翁项链。"

"……那是什么，妖怪吗？"

虽然在校本部失去了她的线索，但如果她主演《顽固王》，应该会在表演场所现身才是。我打算搜集有关《顽固王》的信息，于是重新回到吉田南校区的操场上，到学园祭事务局看了看。不料事务局里混乱不堪，根本无法获取任何情报。

工作人员个个披头散发四处奔走。桌上的扩音器里传出声音："喂，韦驮天被炉正在通过综合馆的中庭，请求紧急援助。"然而无人理睬。事务局局长从帐篷一角的储物柜中拖出一面绿色网子，毫不留情地对我说："没时间陪你玩。"今晚已是学园祭的尾声，问题却不断增多。

与那位不怕死地在工学院校舍上演走钢丝的冒险大侠进行了一番格斗，终于将其逮捕；有人投诉在同一栋校舍里，一只巨大的招财猫挡住了楼梯；招牌不知被何人窃走、店铺旁放的破烂消失，此类奇妙的偷盗事件不断发生；韦驮天被炉依然神出鬼没；"顽固王事件"愈演愈烈，推理小说研究会甚至煽风点火，开始紧急贩卖《顽固王事件解析》；许多人打算把被车轧死的野猪做成火锅；整个学校里不知为何出现了无数不倒翁；"成人录像带持久放映会"上发生骚乱……

如同身处被暴风蹂躏的混乱船舱，身为船长的学园祭事务局局长终于心头火起。我有生以来第一次听到现实中有人发出"叽——"这般恐怖的声音。他站起身，全然不顾无人在听，开始向空中演讲。

"我们可不是随便说这不许做、那不能做的人！我们这样啰里啰唆，难道不是为了那些行为荒唐大胆的家伙，不是想让他们的青春在现实中顺利着陆吗？我们还不是为了让这次学园祭顺利圆满地结束而努力做事吗？可是为什么，没有一个人，哪怕一个人赞扬我们？！做这个差事太亏了！所有人都那么任性！难道你们以为都能像偷走摩托车的那天一样，连去哪儿都不知道，只要向前冲就行了吗[1]？！"

他向空中挥舞拳头，叫喊道：

"啊，浑蛋！太令人羡慕了，我也想成为他们中的一员！"

🍎

在法学院进行热烈的讨论后，大家认为"饼干也是面包的一种"，于是我成了"面包饼干联合组织"的一员，参加了游行。我第一次参加这样的活动，自然激动万分，拿着标语牌的手也充满力量。然而，这原本便是"吃米饭也好吃面包也行的人们"举办的游行。大家原本计划拥上操场特设的舞台进行演说，可临近正门，众人忽然都厌倦了，等进到吉田南校区时，

---

[1] 此处源自歌手尾崎丰诉说青少年苦闷与追求自由心情的歌曲《十五之夜》，副歌中有"十五之夜毫无目的地，骑上偷来的摩托车狂奔"的歌词。

连我在内只剩三个人了。其中一个对卖可丽饼的女生一见钟情，离开了队伍，剩下的那个人吃饭团充饥的情形被我看见，对我说"不好意思，我还是喜欢饭团"后含泪离去。

一个人不能进行游行。我感到十分寂寞，在操场和综合馆之间徘徊。背后背着红鲤鱼，右手拿着标语牌，脖子上挂着不倒翁项链，虽然装扮看起来热闹非凡，可心中却吹着冷风。太阳渐渐西斜，我愈加觉得凄凉，想见见什么人。想见韦驮天被炉里的樋口先生、羽贯小姐和内裤总头目，也想见那位"大象屁股"女生，和她说说话。这时，我想起"大象屁股"女生说过要开始收拾摊位，便打算和伟大的大象屁股告别。

我横穿过综合馆的中庭，发现一个小小的不倒翁孤零零地放在那里。今天是个总能见到可爱小东西的好日子。

此时，我听到熟悉的锣声。戴着红色臂章的剧团成员从四面八方赶来，负责小道具的女生敲着锣来到广场，向我微笑。她拿起滚动的不倒翁，"叭"地一分为二，里面放着折叠好的剧本。她简单看了一下剧本就交给我，说："该你出场了。"

"下午四点，《顽固王》上演！"

她那响亮的声音响彻环绕中庭的校舍。

"第四十九幕！"

🍎

《顽固王》第四十九幕

　　舞台：综合馆中庭

学园祭事务局局长拿着从闺房调查团那里抢来的下流图书，一脸喜悦地走来。不倒翁公主挡住他的去路。

不倒翁公主：汝乃学园祭事务局局长？

局长：吾乃寡廉鲜耻、喜欢恶作剧、支配整个学园祭的邪恶帝王。背负红鲤鱼、颈挂不倒翁项链的不倒翁公主，你能找到这里实属不易啊。

不倒翁公主：汝乃隐身于学园祭深处吸吮甘露、沉迷于夺来之黄色书籍、夜晚男扮女装的大恶人；是一边向学生们傲慢地大讲规矩，一边却无视规矩的猥琐之辈。要给为私利私欲所驱的汝等以天诛，顽固王才挺身站在汝面前。

局长：（高声笑道）居然对自称邪恶帝王的吾出此恶言，但对吾而言如春风拂面。若比愚蠢，汝与顽固王别无二致，只会标榜无聊透顶的正义，像小麻雀般聒噪而已，只会被嘲笑为学园祭的恐怖分子，正义永远与吾共存。顽固王将在万劫不复的黑暗中悔恨地度过余生。

不倒翁公主：汝果然将顽固王……

局长：正如汝之所想。

不倒翁公主：快说！吾思念之人顽固王今在何处？

局长：他在那只要踏入一步便无法回头的黑暗深渊。那是被地狱之锅喷出的白烟覆盖、由腐臭笼罩的恐怖城塞，连内裤总头目在此种肮脏面前都要连连却步，连诡辩部成员在此等威容前也要失去言语。那里是只有四叠[1]半大小的牢狱，名曰"风云顽固城"。

不倒翁公主：纵然是地狱，吾也毫不畏缩——只要是为了顽固王！

局长：为爱丧失自我的愚蠢之辈。

不倒翁公主：住嘴！

局长：无法实现的春秋大梦！让吾在这里狠心了结此事，亦是对汝慈悲！

事务局工作人员甲：（冲进来）到此为止吧，不倒翁公主！

事务局工作人员乙：（撒开绿色大网）搅乱学园祭，还对事务局进行毫无根据的恶毒攻击……实在令人忍无可忍。我不想动粗，请同我们到事务局总部走一趟。

事务局工作人员丙：老实被捕吧！

一场争斗后，事务局工作人员将相关人员一网打尽。一行人徒劳地挣扎一番，便被带走。

不倒翁公主：吾绝对不会屈服于恶势力！一定要见到顽固王！

负责小道具人员：身陷黑幕陷阱的不倒翁公主，命运将会如何？

---

[1] "叠"是榻榻米的计量单位，亦为日本常用的房间面积单位。一叠即一张榻榻米的大小，长1820mm，宽910mm，面积1.6562 m²。

负责大道具人员甲：她能否与顽固王重逢？

负责大道具人员乙：敬请期待最后一幕！

🍎

事务局工作人员将我们押送至操场一角的事务局总部。人们开始拆操场上的摊位，叠起帐篷。金色的余晖中，吹起令人怀念的家乡的秋风。想到如此有趣的活动即将结束，我将重回日常的大学生活，便难过不已。小学运动会结束后的忧伤此刻深深潜入心中。更何况我已经被事务局抓住，无法再出演《顽固王》了。可以说对我而言，学园祭已经落下帷幕了。真让人悲伤。

事务局局长盯着被抓进来的我们。

我们进入总部的帐篷，坐在折叠椅上。

"请坐在这里。不要再给我们制造混乱和麻烦了。"

事务局局长用坚决的口吻说道。他拿出从摊位买来的御手洗丸子和茶水，亲切地招待我们。小口喝着焙茶，一点一点咬着甜甜黏黏的丸子，我的心情逐渐放松下来。事务局局长无力地坐在椅子上，不久便开始发呆，一副疲惫的模样。他盯着我背后的红鲤鱼，小声嘟囔道："那个不错啊。"

我注视着贴在他身后的大地图，问："那个地图是做什么用的？"

"啊，这个？是显示韦驮天被炉和顽固王事件位置的……"

事务局局长忽然停了下来。他站在巨大的地图前面，双手抱胸，一脸严肃，像叼着烟斗准备解开难题的夏洛克·福尔摩斯。

"为什么之前都没有意识到呢？这些地点不是一再重叠嘛……我们简直就像演了一出追在韦驮天被炉屁股后面的戏剧啊。"

我捕捉到负责小道具的女生脸上浮现的一丝微笑。局长回过头，她的笑容立刻像水渗入沙地般消失了。局长用锐利的眼神盯着她的脸，握紧拳头喊道："原来是这样！顽固王是在用韦驮天被炉写剧本？！"

就在此时——

一个巨大的大象屁股"咯吱咯吱"地从操场冲进总部的帐篷，帐篷的四壁向上卷起，桌子倒了，事务局的工作人员四处乱窜。我拿着御手洗丸子串和茶杯逃向角落。被大象屁股踩蹦得不成模样的总部尘土飞扬，宛如地震后一般凄惨无比。事务局局长夹在大象屁股和帐篷之间动弹不得，不停地呻吟道："哎，哎，饶了我吧。"趁工作人员去救他的时候，剧团成员们迅速逃走，奔向最后一幕的上演地点。

大象屁股冲进帐篷中央，"大象屁股"女生从它背后露出头来，向我伸出手。

"来，快逃吧。"她说，"一定要演到最后，一定要与顽固王再相见啊。"

我的演员之魂听到她这句话，一下子复活了。这可不是临时产生的只有半天的速食灵魂，别看我这样，我可是从小就一直钟情于《玻璃假面》[1]呢。

我一边说"好",一边站起身,与她手拉手奔向操场。啊,顽固王,我终于要来到你身边了……

"我看到你被抓了。要是不能演最后一幕,该有多遗憾啊,所以我来救你了。"

"太感谢了。大象屁股女士。"

我这样一说,她苦笑道:"我叫须田纪子。"

的确,我的说法好像她就是大象屁股似的。居然这样称呼恋爱中的美丽少女,是我没礼貌。

正在收拾摊位的人们看到奔跑的我,指着我说:"啊,是不倒翁公主!"被人记得真是十分光荣,也十分汗颜。我边跑边回头看,只见从倒塌的总部帐篷里呼啦啦冲出一群事务局的工作人员,正一路追来。

"真险,不倒翁公主!"我心想,"你的命运将会怎样?"

∽

在事务局没有得到她的线索,我无计可施,徘徊于吉田南校区,最后坐在正在撤摊的北门前的广场一角。有句话叫尽人事听天命,我自觉已经尽了所有人事,此时一边望着毫无精彩之处、无趣之至的学园祭落下帷幕,一边心想,天命也该快来了吧。

---

[1] 漫画家美内铃惠代表作,以天才女演员在戏剧舞台上成长的故事为主题。

广场上满是努力收拾摊位的学生。建造鬼屋的家伙虽然在搬运拆下来的木材，可脸上仍化着妖怪妆，感觉像是百鬼夜行。综合馆的中庭里列队走来闺房调查团，他们扛着装有下流资料的箱子整齐地行进。

我正双手抱头绝望不已，忽然听到了啪嗒啪嗒的脚步声。不经意间抬起头，发现背着红鲤鱼的她与一个陌生女孩手牵着手跑过来。啊！天命居然真的来了！我正想站起身，就被跑过来的事务局工作人员撞到一边。胳膊被撞得很疼，我像虾一样痛苦地抽搐。

她一边飞奔过被收尾工作弄得乱七八糟的广场，一边喊道："快救救我。"十多个戴着事务局臂章的男女追在她身后。

正在收拾的学生们你一言我一语地说着满是误解的话，挡住事务局工作人员的去路："不倒翁公主被事务局追赶。""事务局就是黑手啊。""听说顽固王被关起来了。""太过分了！"……鬼屋的人叫着"是那个背红鲤鱼的女孩，帮帮她"，向追上来的工作人员脸上丢魔芋。受到意外攻击，工作人员发了狂："都说了不是！""不是在演戏！""不，这难道是在演戏吗？"

我吃力地站起来，开始追赶她。

闺房调查团的人故意让几页黄色资料从纸箱里掉出来。几名事务局工作人员在至宝面前跪下，发出真心的呼唤："噢，美胸！"趁着这个时候，她与他们拉开了距离，从北门飞奔到了东一条街。这样下去会跟丢的！我从鬼屋伙伴扔出的魔芋中穿过，忍痛放弃下流的至宝，追着她出了门。

事务局局长紧跟在我身后。他是为了学园祭顺利结束，我则是为了开启未来新篇章，我们目的迥异，追逐的却是同一个人。我们沉默地追逐。进了校本部，米饭原理主义者的游行队伍乱七八糟地站在前方，挡住我们的去路。他们反复呼喊口号"是日本人就吃米"，使劲儿往事务局工作人员的嘴里塞饭团。局长叫道："把那些家伙都给我踢开，不许吃饭团！"

　　我个人认为，她是为了出演《顽固王》最后一幕，才要逃离事务局的魔爪的。虽然不知是怎样的命运作弄才让她担此大任，但事务局局长无疑正在阻止她实现伟大梦想。她的朋友就是我的敌人，她的敌人也是我的敌人，昨天的朋友就是今天的敌人！

　　我向打算推开米饭原理主义者的局长搭话：

　　"哎，你的腰带歪了。"

　　"咦？是吗？"

　　我装作帮他把腰带弄正，趁机一气把它抽了出来。裤子滑下来了，我把他撞到一边，接着冲进了游行队伍。身后传来局长悲痛的叫声："怎么这样，你不是我的朋友吗？"

　　"原谅我吧，朋友。"我说，"一切以她为先。"

　　能在钟塔前与米饭原理主义者的游行队伍相遇真的很幸运。我本属面包饼干联合组织，对他们而言是论敌，然而他们却将意见的对立放在一边，更重视《顽固王》的顺利完结。他们对我说："剩下的饭团会分给事务局，你趁机逃走吧！"

眼看追我的事务局工作人员遇上了游行队伍，引发一阵骚动，纪子小姐从我的脖子上拿下不倒翁项链，套到自己脖子上，又将红鲤鱼绑在自己背上。

"这样的话，大家就会来追我了。"

"这个作战计划简直太棒了！"

"好了，别感慨了，快跑吧，去找下一个舞台。我一定去看！"

说着，她便向钟塔东面工学院的方向跑去。

我绕着大樟树跑了一圈，迷了路，于是像没头苍蝇似的向附属图书馆跑去。顽固王究竟在哪里演出，我完全不知道，只好随便碰运气了。

可是黄昏已至，不管我在校本部怎么跑，还是毫无头绪。时间白白地过去，周围越来越暗。寒冷的晚风吹来，我额头上却不断涌出豆大的汗珠。跑得太猛了，侧腹一阵阵疼痛，没办法继续跑了。

"啊，顽固王！"我好想哭，"如今你在何处？"

我艰难地突破了米饭原理主义者们的壁垒，追赶在她身后。她逐渐消失在工学院校舍之间，只有背后的红鲤鱼在暮色中分外鲜亮。她在拆卸摊位的校内穿梭而行，我已经筋疲力尽。

终于，她跑进了耸立在薄暮中的灰色校舍。我追随着那上楼梯的轻快脚步声，累得上气不接下气，气喘吁吁地爬上去。

我最终在楼顶追上了她。楼龄三十年、饱受风吹日晒的混凝土屋顶一片荒凉。沉浸在蓝色暮霭中、迎来闭幕时刻的学园祭尽收眼底。天空是澄澈的蓝，西边还留着淡淡的粉红。黑压压连成一片的校舍对面，钟塔直冲云霄，表盘闪闪发亮。寒风把我被汗水浸湿的身体吹凉了。

她向屋顶中央奔去。前方可以看到一张眼熟的被炉。是韦驮天被炉！它为什么会出现在这种地方！真是莫名其妙。

彻底看清她的脸之前，我一直在狂奔，所以意识到那是别人的一瞬间，那种虚脱感真是一言难尽。"你是谁？！"我在暮色中大声叫喊。她回应道："我叫须田纪子。"看着呆立的我，她说："你跑得不赖嘛，可惜找错人了。"接着便将脖子上的项链挂到我的脖子上，"你得了一等奖。"

钻在韦驮天被炉里的樋口先生悠然地向我打招呼："哎，真是奇遇呀。"羽贯小姐拍拍旁边的位置，说："天一晚就凉了啊。快，进被炉吧。"被炉上乱七八糟地放着不倒翁和烟火。我拿起烟火，小声嘟囔："为什么会有这种东西……"

"学园祭马上就要落幕了，怎么也得有烟花不是？"

如今，我已误入歧途，只好呆呆地站着。

她究竟在哪里？

《顽固王》的最后一幕究竟会在哪里上演？

且不说别的，我的幸福结局会在哪里？莫非根本就不存在？难道一直等到学园祭结束，我也只能做路旁的石子？

我呆呆地站着，任凭寒风吹拂。学园祭事务局工作人员哗啦一下赶到屋顶。事务局局长也在其中。他们将韦驮天被炉和背着红鲤鱼的纪子包围起来。

事务局局长叉腰站立，俯视樋口先生。

"终于让我抓到了，顽固王。你这个借演戏之名搅乱学园祭的恐怖分子！赌上事务局局长之名，我绝不让《顽固王》最后一幕上演！"

"这可行不通。"樋口先生一脸茫然，"首先，我不是顽固王。其次，最后一幕马上就要上演了。"

事务局局长挥起拳头，说："你少装糊涂！我知道你就是主谋！据我推理，你先在韦驮天被炉上写剧本，再用某种手法将其留在演出地点。等韦驮天被炉离开之后，剧团成员来拿走剧本，然后上演。所以在戏剧上演的时候，主谋并不在现场。因为顽固王是和韦驮天被炉一起行动的，所以没人知道顽固王在哪里。"

"在韦驮天被炉里的人可不止我一个啊。"

这时，我叫道："我知道了！是那个男生！内裤总头目现在在哪里？"

樋口先生发出贵族式的假笑声，指向南边。我在黑暗的屋顶上向南跑去，不小心冲过了头，险些掉下去。向下一看，看到了另一栋更低的校舍的屋顶。

那里耸立着谜一样的建筑。从校园各处收集来的破烂诡异地组合在一起，有木材、立着的广告牌、脏乎乎的帐篷、毛毯、许多自行车、滴水槽、铝窗框、废水桶、历经风吹雨淋的储物柜、从理学院垃圾场捡回来的实验装置、奇怪的电器等。无数凸出的烟筒中漫出白色的蒸气，流入蓝色的夜空。照明像探照灯一样扫来扫去，清楚地照出笼罩在上空的热气。高高悬挂的深红旗帜在寒冷的晚风中翻飞。这座建筑无疑就是幽禁顽固王的恐怖城堡——"风云顽固城"。

从这边看来，对面应该是观众席，也就是说，我们是从舞台内部窥视这一切。在戴着红色臂章努力工作的剧团成员之中，可以看见为出演最后一幕发号施令的顽固王——内裤总头目的身影。

"居然在屋顶表演，真是危险至极！"事务局局长跑到我身旁，气得直跺脚，"快去那个屋顶，阻止他们表演！"

应该让他们等我到了再表演。我挥舞着不倒翁项链，向内裤总头目大声呼喊，然而他完全沉浸在准备工作中。

我从樋口先生手里抢过烟花，点燃了。

正准备飞奔离去的事务局局长对我叫道："太危险了，你可千万别放。"我正准备回头说一声"知道"，却被高低不一的混凝土屋檐绊倒，身体开始缓缓后仰。左手拿着点燃的烟花，右手握着不倒翁项链，左眼见到的是即将失去的玫瑰色未来，右眼望见的是最后的景象——张口结舌望向这边的事务局局长和纪子，想从被炉里站起来的樋口先生，摆弄着不倒翁的羽贯小姐，离去的事务局工作人员。在这种时刻，人生场景会像走马灯一样在脑中闪过，人类的脑袋的确很奇妙。我清楚地记得那一瞬间的情形。慢慢地，不慌不忙地，我告别这个世界。她尚未知晓这番努力，我却要这样落下去了。再见，值得唾弃的青春。再见，光辉的未来。

我从屋顶跌落，手中的烟花喷出火来。

我看到一点红光拖着长长的尾巴爬向深蓝的天空，绚烂绽放。

我看到一点红光拖着长长的尾巴爬向深蓝的天空，绚烂绽放。

我的第一反应便是"是那里"，于是向工学院校舍冲去。要是那烟花没有绽放，恐怕我会赶不上演出《顽固王》的最后一幕。我在黑暗的树丛与校舍之间奔走，忽然与立在校舍玄关处的大招财猫相遇了。

招财猫旁边立着写有"观赏《顽固王》最后一幕请到屋顶"的告示板。学生一个接一个绕过它向上走去。

"这里！"招财猫叫道。

奄奄一息的我跑近一看，招财猫肚子上的窗户开了，负责小道具的女生露出脸来。

"不好意思啊。从事务局那里慌慌张张地逃出来，都忘了告诉你演出地点。"

"能见到你太好了……但肯定赶不上了。"

"你说什么呢。没事，赶得上。"

她从招财猫里出来，牵着我的手上楼梯。

"顽固城在屋顶吗？"

"是在学园祭期间非常努力地搜集各种材料建成的。"

她递给我剧本，并把两样小道具——拐杖和一把大钥匙交给我。我们终于来到屋顶。无数人聚集在热闹的屋顶上，冷风横冲直撞。人群前方有一栋让人毛骨悚然的建筑，像废墟，像蒸汽机，也像城堡，到处都涌出白色的蒸气。见者无不为其阵势震惊——我终于找到了幽禁顽固王的"风云顽固城"。

从高空坠落的人像好莱坞电影里那样，抓住墙上的突出物就可以轻松得救，这种惊险的表演照理说是不存在的。我之所以得救，是因为四重幸运叠加在了一起。

第一重是我拿着不倒翁项链；第二重是顶楼研究室的新加坡留学生将晾衣竿伸出了窗外；第三重是不怕死的冒险大侠为了走钢丝架设的钢丝没有撤走；第四重是我放出烟火的那一瞬间，旁边屋顶上的内裤总头目注意到了正在下落的我。正如她所言，这是神的随心所欲主义起了作用。

下落的我右手紧紧握着不倒翁项链，是它钩住了从研究室窗户伸出的晾衣竿前端。上面晾着白大褂和衬衫。一瞬间，我悬在半空中，就像那些靠父母汇来的生活费过日子的白痴学生一样。可就算是那些学生，总有一天也要亲手开拓自己的未来。我伸手抓住晾衣竿，与此同时，好不容易才拴住我性命的不倒翁项链断了。不倒翁们散落到黑暗的地上。

不知道是怎么固定的，晾衣竿已经严重弯曲。我正哼哼唧唧不顾一切地死抓晾衣竿之际，一位喝着咖啡走进研究室的研究生在日光灯下怔住了，接下来的一瞬间，他拼命抓住晾衣竿另一头，大叫道："快来人哪！"我听到事务局局长他们从屋顶探出身子在叫喊："别松手！"就算你们求我松手，我也不能松！

可是，晾衣竿是靠不住的。很明显，只靠那个看起来弱不禁风的研究生不行。内裤总头目从对面的屋顶上叫道："快折了！"有光向我照来，照在我的脚边。内裤总头目在忘我地叫着什么。研究生在研究室发出悲鸣。晾衣竿在摇晃。白大褂和衬衫掉落在黑暗的校舍之间。

"下面有钢丝！快看！快看！"能听到内裤总头目的喊声。

我拼命睁开眼看向脚下，五楼的窗户伸出一根粗粗的钢丝，另一端固定在隔壁校舍屋顶的供水箱上。所幸似乎一伸手就能碰到。可为此就要松开抓住晾衣竿的手，身子在空中飞舞。我有这种勇气吗？我依然面目狰狞，动弹不得。

此时，晾衣竿的支撑物脱落了，研究室里发出某种物品破裂的声响，能听见研究生的尖叫。同时，我再次下落。内裤总头目用照明灯照在校舍间可以称为我的生命线的东西上。我拼命抓住钢丝。这可说是奇迹。平日与肉体锻炼无缘的我，被迫上演了一出连电影替身演员都自愧不如的热血动作片，居然还因此保住了性命。我抓着粗钢丝等它停止摇动，此时才心生一念："怎么能死？！"于是我像考拉一样手足并用，紧紧抓住钢丝向顽固城一步步挪动。我知道内裤总头目在看着我。

我凭借不屈的意志有幸从死亡深渊爬上来，已经没什么好怕的了。在我的个人史上，蔓延在大脑中的肾上腺素以史无前例的速度激增。要将她抱入怀里，要亲手抓住幸福结局！我有生以来头一次这样拼命。

"你没事吧？"内裤总头目向朝顽固城舞台爬去的我伸出手，目瞪口呆地说，"你真命大啊。"

他披着斗篷，看样子顽固王要亲自扮演顽固王了。我做了个深呼吸，抑制住因兴奋而颤抖的身体，擦拭着泉涌般的汗水。旁边破旧的排水管斜立在傍晚的天空中，里面水声汩汩。我抓住排水管，像摇晃舞台般开始往下拽。

"哎，你！别破坏舞台！"内裤总头目叫道。

我学着电视上看到的耍弄棍棒的高手，拿着长长的排水管，摆出对阵内裤总头目的架势。他本打算猛扑过来，此时停住了。守在他身后的剧团成员屏息注视着形势变化。

耸立在黄昏之中的顽固城舞台里，我们被蒙蒙蒸气包围，相持不下。

"你打算阻挠最后一幕戏上演？"内裤总头目对我怒目而视，"谁也别想阻挡我！这部戏是我倾尽全力之作！"

"我没打算阻挠你。"

"那你打算干什么？"

"我想问问你，结局怎么样？是不是大团圆？"

内裤总头目支支吾吾，我把排水管抵在他的胸口上。

"我说就是了。"他哼哼道，"是大团圆结局，保证谁看了都会脸红。"

"那太好了。"

读者诸贤，要粉碎大家自然而然涌出的疑问"为什么你会担当如此重任"，一句"我碰巧路过"就足够了。就算说我是随心所欲，我也要将大团圆结局抓在手中！

"你以为我是来捣乱的？"

"难道不是？"

"错！剧是一定要演的，只不过……"

我依然保持着手拿排水管的姿势。

"顽固王这个角色是我的！"

前来观看的人中，有人正在读《顽固王事件解析》小册子，也有人在四处奔走，兜售摊位上没有卖完的食品。舞台旁支起了银幕，反复播放着电影社团"禊"拍摄的之前上演的《顽固王》。

银幕终于不再播放影像了。高声喧哗的观众瞬间安静下来。"风云顽固城"中央的粗烟筒猛地喷出白色的蒸气，发出咻咻声。城堡上方的照明灯照亮了人群中的我。

"下午五点，《顽固王》开演！"

负责小道具的女生洪亮的声音响起。她给我披上斗篷。

眼前的人们一齐回头，给不倒翁公主让路。

与学园祭事务局殊死决斗之后，不倒翁公主从总部逃脱，却负了伤。她挂着拐杖，向幽禁心上人的顽固城进行最后的冲击，一步，又一步……

○

　　《顽固王》最终幕

　　舞台：风云顽固城（工学院校舍屋顶）

　　风云顽固城高耸于暮色之中。不倒翁公主拄着拐杖逐步逼近。事务局工作人员追上来想抓住她。局长上场。

　　局长：屋顶太危险了，停止演出，立即解散！

　　观众甲：干什么啊，等会儿。

　　观众乙：不是马上就要完结了吗？最后一幕了，就让他们演完吧。

　　观众们将事务局的工作人员制伏，不倒翁公主再次出场。

　　不倒翁公主：顽固王消失以后，世界陷入黑暗。现如今，吾之旅途终于走到尽头。从学园祭事务局局长那里抢来的钥匙，可以打开被诅咒的四叠半的城门，让顽固王从长期的幽禁中解脱——啊，顽固王，终于来到汝身边了！

　　不倒翁公主走近顽固城的城门，插入钥匙。白烟喷出。门终于开了，里面现出顽固王的身影。

　　顽固王：长期幽禁于黑暗之中，已让吾双眼无力，甚至无法看清吾之手掌——请原谅，吾无法看见恩人的脸。

不倒翁公主：听到声音就该明白才对。

顽固王：啊啊！

不倒翁公主：只要想到汝受到的痛苦，吾的胸口就像裂开一般。汝在黑暗中，吾之心也在黑暗中。

顽固王：吾的不倒翁公主啊，汝如何来到此处？

不倒翁公主：吾一个一个找到汝的敌人，有时低头恳求，有时多多少少动手。循着丝线般细小的线索，终于来到此处。

顽固王：定是漫长而艰辛的旅途啊。对不住！

不倒翁公主：能见到汝，便不会再经历那般苦痛了！

顽固王：吾打算在自己坚信的道路上前行，无奈被迫放弃。无意义地斗争再斗争！矢尽弓折遍体鳞伤，最终力竭，倒在校园的不毛之地。你是否还记得，在去年学园祭的一角，我们初次相见。那正是神明的恶作剧，天空中落下红苹果，在你我头顶跳动。是那苹果让我醒悟——汝才是迷失于白痴荒野中的吾前行之路上那唯一的光明。

不倒翁公主：如今这般与汝谈起那次邂逅，简直有如梦中。想来便是那场机缘，才造就今日说来不可思议之事。世上充满令人惊奇的偶然，神明的恶作剧——

顽固王：好了，我们走吧。离开这被诅咒的四叠半城堡，将深深的黑暗抛在脑后，光辉的校园生活在我们手中！

两人相拥。（落幕）

幕落下来之后，她还在我怀中，满脸通红地笑着说："演得真棒。"

虽然是剧本要求的动作，但我不仅奇迹般捡回一条命，居然还能将她抱入怀中，这让我品尝到了致命的幸福，险些死去。此刻太感动了，我说不出精彩华丽的台词，但把对她的倾慕之心注入了顽固王的台词中，相信她一定也深受感动。

蓝色的夜幕下，喝彩声掌声不断。我和她一再谢幕。

内裤总头目终于现身。观众席立时一片寂静。她高声宣布："这位就是名留青史的流动戏剧《顽固王》的作者、策划人和编剧！"掌声再次响起。内裤总头目深深地鞠了一躬。接着，负责大小道具的工作人员登场接受掌声。剧团成员一一与内裤总头目握手。"与你一起参与这个企划很开心。"负责小道具的女生说，"马上就要解散这个团体了，真不愿意相信。"

"结束啦！大家不要慌，冷静地解散！"事务局的工作人员异口同声地大喊着，开始遣散观众，"操场特设的舞台上将举行闭幕典礼！"

一脸严肃的事务局局长逆着观众离去的方向走来。他瞪着我，也瞪着顽固王——内裤总头目。

"给您添麻烦了。"内裤总头目低下头。

"……不管怎么说，总算是结束了，没有引发事端。"事务局局长说，"可不能再有第二次啦。"

接着，他看向我："你摔下来的时候，我还以为完了呢。心脏都要吓得停止跳动了。"

"且慢，我还活着呢。"

"我倒是理解你的心情，不过以后别再胡闹了。"

忙碌的事务局局长叹了一口气，转了转脖子，说："那么再见了，我很忙的。一会儿还要男扮女装在闭幕典礼上唱歌呢。"

"你真有干劲儿啊。"

"你们也来看看吧，保证让你们神魂颠倒。"

他飞快地离开了屋顶。

剧团成员们开始拆卸顽固城，内裤总头目却依然站在舞台上的城堡前发呆。我拍了拍他的肩膀。

"你做得很好！无论是内裤总头目还是顽固王，都当得很精彩。抢了你的角色，请见谅啊。"

"无所谓了。"内裤总头目低声说道，"反正我出场不出场，差别也不大。这些都是无谓的喧闹罢了。"

"别这么说嘛。"

"我去吉田神社许愿当内裤总头目也好，率领剧团引发这场骚乱也好，所做的一切都是为了见到她。要是这部剧这么出名，她也会在某个地方看到吧。如果她能来看最后一幕呢？她一定会感受到我融会在这部剧里的心情吧。我无数次妄想她能在观众席上体会到我的心意，等到落幕后来到我面前。但现在终于冷静下来了。我莫非是顽固不化的白痴？"

他仰望正在拆卸的顽固城，低声说："我的计划也太迂回了。"

"都到这个地步了，就别说了。"

"你知道'一期一会'这个词吗？让一期一会变成擦肩而过的偶遇，还是变成命运的相逢，都要靠自己。我与她的偶遇还没有成为命运的相逢，就白白浪费了。我曾想总有一天会与她一同回首，说出'想来那便是有缘'，而今我却眼睁睁失去了说这句话的特权。这都是因为我没有抓住机会的才智和勇气啊！"

"来，喝一杯吧！"我安慰他，"我不会喝酒，但今天这个场合，咱们一起喝！说说话也能开心点。"

"我啊，已经受够了总是两个男人喝啊喝的……我不需要男人，男人没用。"

这时，在旁边听我们谈话的她高兴地喊道："纪子小姐！"

从舞台上看去，寒风呼啸的屋顶上站着一个女生。是之前被我错当成她，还去追赶的那个人。纪子解开带子，将红鲤鱼抱在胸前，来到她面前。"还给你吧。"纪子说着把红鲤鱼递给她，她一脸开心地抱起来，说了声"谢谢"。我无法正视她那天真无邪的模样，不由得移开了视线，去看内裤总头目，只见他正呆呆地注视着纪子。咦？正想着是怎么回事，只见纪子也同样直直地看着他。

纪子走到他身边，伸出手来。

"真是奇遇啊。"她低声说。

内裤总头目握住她的手，一时无言。

眨眼间，风云顽固城已经拆卸完毕，可以看到对面校舍的屋顶了。羽贯小姐和樋口先生在屋檐边拍手。樋口先生砰砰地放着烟花，羽贯小姐坐在屋檐上晃着腿，大叫着："大团圆！大团圆！"不知为何，她将韦驮天被炉上的几个不倒翁扔向夜空。它们轻巧地飞过夜空，越过校舍间的空隙一个个降落。有两个砸在了内裤总头目和纪子头上，砰地跳起来。

真的，我的双眼满含泪水。因为这一幕太美好了，太令人羡慕了。

"怎么会！"内裤总头目低声呻吟道，"这也太随心所欲了吧！"

🍎

从天而降的不倒翁在纪子小姐他们的头顶跳动，就像那天的苹果。我永远无法忘记这一刻渗透到体内的感动，擦了擦泪水。站在旁边的学长也湿了眼角。

"学长，你哭了吗？"

"我怎么可能哭！只是从眼睛里流出一点点盐水罢了。"

"不用不好意思。真是非常美好的结局啊。"

我抬头看着强忍泪水的学长，心想，他真是很好的人啊。

最后，我们一起去看闭幕典礼，随着很多人一起来到操场上。夜幕已经降临，四周愈加寒冷。十一月已经结束，如假包换的冬将军即将从琵琶湖翻山越岭来到京都。

在寒冷的暮色中，学园祭结束了，渐行渐远，在寂寥的薄暮中心燃起篝火。熊熊燃烧的温暖火焰照亮了来到操场的人们的脸。发出灿烂光芒的特设舞台上，光彩夺目的学园祭事务局局长忘我地唱着偶像歌手的歌曲。我们拍着手观看。旁边，樋口先生和羽贯小姐一同坐在韦驮天被炉里。内裤总头目和纪子，以及剧团成员们一起笑着观看表演。

我手里拿着刚才落到纪子他们头上的不倒翁，学长也拿着一个，正饶有兴致地转着。

"你喜欢不倒翁吗？"学长问。

"嗯。因为它又圆又小。"

我这样一回答，学长便笑了。

我大大享受了一番著名的学园祭，很幸福。"南无南无。"我小声感谢神明。

"真没想到学长居然是顽固王。"

学长似乎对这个话题不感兴趣，回答道："没什么，只是偶然经过罢了。"

"学长的表演真的非常热烈、非常精彩，有什么表演心得吗？"

"哎呀，那倒没有。"

"不过说起来还真是奇遇呢，我总能时不时地见到学长。这应该叫神的随心所欲主义吧。"

"是啊。"学长盯着燃烧的火焰说，"无论神明还是我们，都是随心所欲主义者。"

魔之感冒　恋之感冒

你见过晴天和雨天的分界线吗？

请想象自己呆立于倾盆大雨中，倾听水滴敲打路面的声响。拭去脸颊流下的雨水看向前方，几步外洒下的却是温和的阳光，路上连被雨水打湿的痕迹都没有。眼前便是晴天和雨天的分界线。这种奇妙的现象，我只在小时候见过一次。

那年冬天，我反复想起那个场景。

冰冷的雨中奔跑着一只落汤鸡。当然，那就是我。我想到晴天去，然而触手可及的晴天却像夏季的热气般逃走了。我心爱的黑发少女在那阳光中站着。她的身旁温暖宁静，满是神的美意，估计还有好闻的味道。若是换作我会怎样？我的周围不要说神的美意，有的只是年轻人的鲁莽，叹息自己笨拙努力的泪水浸湿我的身体，恋爱的风暴呼啸不已。

她走在感冒之神肆虐的街道上，不知不觉间成为十二月街道的主角。但她并不知道这件事，恐怕直到现在也不知道。

另一方面，我被感冒之神打倒了，发着高烧，剧烈的咳嗽扭绞着我的肺，一直蜷着身子赖在万年不叠的被窝里度日，无法追逐她，只好沉浸在妄想中。看来我命中注定当不成主角，只能沦落为路旁的石子，悲惨地度过新年。

然而，一切都是在这万年不叠的被窝里发生的。

这是她的故事，也是我的故事。

路旁的石子终于靠着命运的随心所欲主义，从万年不叠的被窝中站起来了。

我在那年秋天学园祭上的表现应该值得赞扬吧。如果抛开仰仗神明的随心所欲主义这一方面，将我的努力称为"拼命"也不为过，理应在京都市政府前的广场上接受市长的表彰，被兔女郎紧紧拥抱。

为了吸引她的目光，我从工学院校舍的屋顶上腾空跃起，突袭学园祭的流动戏剧，担当重要的主角。再往前推，在夏季的旧书市，为了拿到她喜欢的绘本，我和一群强盗围着火锅展开殊死搏斗。春天，我为追逐她拼命奔走于百鬼夜行的街道。

按说我的"人事"已经做到这种程度，也差不多该成功了，然而黑发少女的城堡仍坚不可摧。

前几次我没有乘胜追击便逃走了。大多数人认为大费周章地搞迂回战术没有必要，我暂不接受这一论点，留待以后再考虑。

首先，也是最重要的，是我不知道她究竟怎样看我。她到底是不是将我作为一个男人，不，哪怕是作为一个平等的人来看待？

我不知道。

因此，我没有乘胜追击。

🍎

很抱歉，我很难描述那时自己的心情。

一直以来，我都沉迷于其他有趣的事情，疏于男女交往的锻炼。这些手段是光鲜亮丽的绅士淑女在盛大的假面舞会上享受的成人的快乐，像我这样的小朋友离它们还很远。自己还没做好心理准备，就很难体谅别人的心情。想捕捉自己像棉花糖般飘忽不定的心情并不容易。

在学园祭的流动戏剧《顽固王》即将落幕之时，学长竟然意想不到地出现在了眼前。我还记得那种莫名的安心感。也许是因为经常在街上遇见学长吧。还有一件难忘的事，就是按照剧本表演时，我被学长抱着的奇妙感觉。

学园祭结束后，我仍然时不时想起那时的事。每次都不由自主地发呆。当然，我平日便不是内心敏锐的人，可我这种"呆"是呆中之呆，如果有"世界发呆选手锦标赛"，我一定能拿到代表日本的出场权，就是这样坚不可摧的发呆。这样发呆之后，我坐立不安，难以自持，甚至噼里啪啦地敲打和压扁屋里的红鲤鱼。可怜的红鲤鱼，真是对不起。每次对红鲤鱼施暴以后，我都筋疲力尽。

就这样，十一月过去了，迎来了十二月。

我过着每天去学校上课，时不时发呆的日子。

将东边的山脉染成温暖颜色的红叶逐渐掉落，冬天越来越近。在街上吐着白气看路旁的树梢，整个京都已满是寒意。

到了十二月中旬，我在学校的中央食堂开怀享用着温泉蛋和白饭，喝着味噌汤。不料樋口先生过来坐到了对面。他在藏蓝色的浴衣外面套着以前侦探电视剧中的人物经常穿的旧夹克。

"哎呀，终于找到你了。"樋口先生笑着说。他看起来有些憔悴。

"您最近怎么样？好像很没精神啊。"

"最近弟子也好，羽贯也好，都不来看我。我没有吃的，饿得脑袋直疼。"

"这可不行。"我慌忙借给樋口先生两百日元。他才匆忙起身，端着温泉蛋、味噌汤和饭回来，像野狗一般狼吞虎咽。

“羽贯小姐还好吗？”

“这个嘛，她得了很严重的感冒，卧床不起。结果，我的食路这么一断，差点儿饿死。”

原来羽贯小姐前几天一直咳嗽不止，两天前突发高烧，现在连牙医诊所的工作也放到一边，专心在家休养。一想到那位气质美人无法大口饮酒，只能钻在被窝里咳嗽的样子，我便坐立不安。下午的课没关系，就算没有学分，我也应该去探望羽贯小姐。她和樋口先生可是开创我大学生活新坐标的恩人。

“你要是去的话我也去，所幸肚子已经饱了。”

我和樋口先生走出中央食堂，离开了落叶沙沙作响的大学校园。空中垂着厚厚的云层，吹着冷风。

去羽贯小姐公寓的途中，我们还顺路去了东大路的超市，买了很多对治疗感冒有效的水果和酸奶。都是营养丰富的食物，不知能不能赶走住在羽贯小姐体内的感冒之神。我和樋口先生拎着沉沉的塑料袋，沿着东鞍马口朝高野川前行。

羽贯小姐住在高野川沿岸的新公寓。

我们按了对讲机，粉色睡衣外面套着毛开衫的羽贯小姐开了门。睡得蓬乱的头发垂在脸上，看起来很憔悴。她虽然在微笑，但笑容与那晚一同行进在先斗町畅饮之路时的豪迈形象全然不同。

“你们来啦。”

“听樋口先生说您感冒了，我是坐立不安啊。看起来烧得很厉害，还是赶紧回床上休息吧。”

羽贯小姐的小房间整洁可爱，一台四方形的白色加湿器正吐着轻柔的水蒸气。我把买来的食物放到冰箱里，羽贯小姐已经钻到淡黄色的被子里去了，只把脸露在外面。她家里有酒，我决定放点砂糖和鸡蛋做成玉子酒。"做玉子酒啊，别放鸡蛋和砂糖。"羽贯小姐在被窝里嘟嘟囔囔。但我回答"不行"。

樋口先生跪坐在羽贯小姐身旁，摸了摸她的额头。"热得都能煎鸡蛋了。居然烧得这么高，你想干什么？"

"又不是我喜欢才发的烧！"

"你就是因为没有精神才感冒的，看看我！"

"你是因为没有压力，不然就是因为你是傻瓜才不感冒。"

"要是再不闭嘴，感冒会更严重的。哎哎。"

樋口先生说着，打算把降温用的蓝贴片贴在她嘴上。除此之外，他什么也没做。

玉子酒做好之后，羽贯小姐从被子里支起身喝了。"我本来没什么期待，但没想到这酒这么好喝。"她的话让我很高兴。

"樋口，你居然连探病的礼物都让这孩子买！居然好意思什么都不带就来！"

"哎哎，对我可不能有什么期待啊。"

"但没想到樋口你居然能来看我。这个倒是没有期待过，老实说我很高兴。"

"因为碰巧遇到了她。"

樋口先生这么一说，羽贯小姐便朝我可爱地笑起来。她那因为发烧有些迷离的眼睛看起来像是噙着泪，十分美丽。樋口先生大口吃着我为羽贯小姐买来的慰问布丁。

羽贯小姐喝完玉子酒，躺在被子里，说起了发烧时做的梦。她小声嘀咕道："感冒的时候会做奇怪的梦呢。"不过，羽贯小姐的感冒比较特别。这件事我过了一阵子才知道。

我住的地方叫北白川东小仓町。

那是一栋几近废墟的木结构公寓，破坏了住宅区的幽静气氛，令人想起"风云顽固城"。我的房间在二楼西侧，一开窗就可以看到紧挨排水渠的行道树。如今树叶掉落，能看见水渠对面空旷的大学操场。

我每天都是天黑之后才从学校回家。在公寓门前铺满碎石子的地上停好自行车，一脚踏进玄关，灯罩下的灯泡照着我四处乱扔的鞋子。抬头望向在暗处发光的电灯，一股寂寞的愁绪涌上心头。入冬后，我的拖鞋不知被谁偷走了，光脚走在木板走廊上，冬日的寒意迅即渗透到脚底。

一起做实验的搭档被感冒打倒，我只身往来于并不忙碌的学校和住处之间，任时光徒然流走。有传闻说，今年冬天流行极其恶毒的感冒。我和她同属的社团也没能逃出感冒之神的魔爪，成员一个接一个倒下了。听说她不厌其烦地去倒下的成员住所探病，还帮他们做神仙粥、玉子酒。我不禁也有了想感冒的念头，可越是这样想，感冒之神就越不来。正所谓"如意算盘常失算"。

一向对流行敏感的学园祭事务局局长也感冒了。我半是戏弄地带着蜂蜜生姜汤和营养饮品去探病。他坐在被学园祭相关资料、相声书籍、吉他等破烂包围的床上，焦急地等待从名古屋前来探病的异地恋女友。他是受闺房调查团青年部之邀，稀里糊涂地参加了下流图书鉴赏会才得的感冒。众所周知，看下流图书会让我们这种白痴学生免疫力下降。他得感冒可谓自作自受。

就这样度过一天天的无聊时光，我得了"相思病"。

相思病就是一种"不能向对方传达爱慕之情"的病。恋爱在百病之外，就算喝葛根汤也难以治愈。在这半年内，我一心致力于填平她的护城河，为远距离精神恋爱所苦，得相思病也是理所当然。无处可去的热情在体内也没了可去之处，滴溜溜地旋转。是的，就因为这样我才浑身发热，一定是！

天色已晚，我回到住处时头昏沉沉的，十分疲惫。像往常一样，我点燃暖炉就钻进了被窝。

鸭川西侧，今出川大街南方，便是绵延的京都御所森林。

从御所的清和院御门经寺町路出来，东边有一条寂静的街道，里面有一家名为"内田内科医院"的小医院。医院是木结构建筑，四周都是木板墙，墙上爬着苍郁的松枝，这种情形在今日已不多见。内田内科医院的内田先生是前诡辩部成员，自春天在先斗町结识以来，羽贯小姐和樋口先生时不时与他及同是前诡辩部成员的赤川社长喝酒。

几天过去了，羽贯小姐的病情也不见好转，樋口先生便说要带她去医院。"我讨厌大医院，去那儿肯定病得更严重了。"羽贯小姐像孩子一般撒娇。我和樋口先生正研究去哪里比较好，她说："去内田先生那里吧。"

樋口先生背着羽贯小姐，我们三个人来到了内田医院。

羽贯小姐接受检查时，我和樋口先生就在点着火炉的木结构候诊室里暖着身子等她。对任何事都无动于衷的樋口先生微微皱着眉头，似乎在思考什么。

狭小的候诊室里排队的人很多，我们紧紧挨在角落的鞋箱旁。阳光从朦胧的玻璃窗射入，在木地板上留下淡而模糊的光圈。我极少感冒，虽说如此，爸爸有次曾经开车带我去看医生。似乎在那个时候，我也这样盯着落在木地板上的阳光看来着。

"感冒啊，只要有 Run Fei Lu，立刻就能治好。"

樋口先生忽然想到了什么，说道。

"Run Fei Lu 是什么？"

"以前治疗结核病的灵丹妙药，是融合了多种名贵中药的糖稀般的东西。只要卷起来舔一口，就会退烧，全身也会生出力气来。那种仿佛要融化掉的甘甜，从口中直冲鼻腔的尊贵至极的浓郁芳香，只要舔一口立刻便会被俘虏。它实在太美味了，所以如果世人没得感冒却去舔它，鼻子会流血不止。"

"好神奇啊，要是真有这种药就好了。"

"现在已经找不到了，遗憾。"

羽贯小姐终于出来了。拿药的时候，穿着白大褂的内田医生也来到窗口。他看见我，笑着说："这不是和李白先生比酒的那个孩子嘛。"先斗町那一夜已经过去半年了，他居然还记得我，真是荣幸。内田医生似乎还想多说几句，但排号等待的人太多，他只好作罢，重新回到诊室。我们离开了医院。

樋口先生背着羽贯小姐走在今出川大街上，他说："医院生意很好嘛，内田先生连休息的空儿都没有。"

"因为流感横行啊。我不就是嘛。"羽贯小姐脸搭在樋口先生肩上，喘着气说，"我大概是上周和赤川先生喝酒的时候被传染的。"

"啊？社长也感冒了？"

"烧得直哼哼……好像是被儿子和儿媳妇传染了。"

"大家都太松懈了。看看我，看看我，感冒那种东西我绝不会得。"

"你是因为没有压力才不感冒吧。"

就这样你一言我一语，我们走在鸭川的堤坝上。羽贯小姐在樋口先生的背上不住咳嗽，望着银光闪闪的鸭川，哼起了歌："北风、小僧、寒太郎……"[1]

天气越来越冷了，在屋里我大多时候都裹着被子。在被子里看电视，在被子里吃饭，在被子里学习，在被子里思考，在被子里安抚我的小兄弟。总也不叠的被褥才是我值得唾弃的青

---

[1] 出自以冬季降临为主题的日本著名儿童歌曲《北风小僧的寒太郎》。

春主战场。

那天，我像平时一样急急忙忙钻进被褥，仰望着微脏的天花板。吐出的气都是白的。全身的关节松散得轻飘飘的，身体疲倦得像是要化在被子里。

我恍恍惚惚地开始胡思乱想。

那次学园祭的回忆已经放入心灵的宝箱。我试着回忆将她瘦削的肩膀揽入怀中的感觉，然而反复追逐这段记忆，真真切切抱着她的感觉却变得模糊了。那张在我的臂弯中仰头看着我的脸也模糊起来。一切都不像是真的。这些真的发生过吗？莫非是我自己的妄想？

在学园祭上捡的不倒翁就在枕边。

每当呆呆地看着它，那时环绕在身边的暮色便再次将我包围。在深蓝的天空下，我为了追逐她不停地奔跑，一抬头便能看见遮挡了天空的黑压压的校舍。我究竟在这里干什么？明明知道必须快点追上她，却不知道去哪里好。

那时，我看见学园祭事务局局长和手下向工学院校舍飞奔而去。于是慌忙追在后面。学生们络绎不绝地走向屋顶，一心向前的事务局工作人员将看热闹的人撞到一边，往上跑去。

来到屋顶，发现满是观众。人群对面耸立的"风云顽固城"中，胡乱立着的烟筒不断向夜色中喷吐白色蒸气。准备阻止演出的工作人员与观众互相推挤；我看见担当重任的她被观众们保护着穿过人群。一切为时已晚。在我到达"风云顽固城"之前，最后一幕已经上演。我被狂热的观众挡住了去路，进退两难。

"让我过去！"

我大喊大叫，但徒劳无功。我竭尽全力伸出手臂，然而，黑压压的人群挡在我和她之间，我甚至无法观看她的表演。她上台了吗？若真如此，她便是弃我而去，被最终出现的顽固王抱入怀中了吧。在那里抱着她的人是谁呢？到底是哪里来的浑蛋？为什么不是我？

我懊悔不已，将滚落脚边的不倒翁捡起来扔了出去。不倒翁画出一道大大的弧线，飞舞在暮色中。观众站在远处围观，一脸责难地瞪着我。我一个人伫立在原地。

思念之情轰隆隆地吹过被妒意燃尽的心灵废墟。

対于避开感冒之神的我来说，探病是当下最擅长的事。那个冬天，以羽贯小姐为首，许多人都病倒了。我繁忙至极，说因此煮了一脸盆的玉子酒也不夸张。

不好意思，其实是有点夸张。

但总之呢，我去探望过很多人了。

羽贯小姐的病情有所好转后，纪子邀我一起去看望卸任的学园祭事务局局长。学园祭结束后，纪子就一直和我保持着密切的联系，我们还一起去过冈崎的京都市立美术馆。

那天，我们约在银阁寺派出所前见面。哲学之路两旁的樱花树叶已被冬天的寒风吹落，简直无法想象如砂糖点心般满树盛开樱花的情景，感觉十分寂寥。呼啸的寒风将我的头发吹乱。

我一边觉得冷，一边抬头望着大文字山，哼唱起《北风小僧的寒太郎》。这时，纪子和前内裤总头目来了，他们拿着许多慰问品。"呀，学园祭之后你怎么样？"前内裤总头目一脸愉快地问我。他如愿与纪子重逢，从发誓绝不换内裤的艰苦修行中解脱，告别了下半身的疾病，心情大好。这真是令人高兴。

"事务局局长被闺房调查团青年部传染了感冒，他很是愤怒呢。"

"闺房调查团青年部是什么？"

"那个，嗯，就是那个。对女孩子有点难以启齿。"

学园祭事务局局长的住处走过去要五分钟左右，是一栋沿着琵琶湖排水渠而建的灰色大型公寓。里面堆满了慰问品，连落脚的地方都没有，事务局局长自己也被挤到了角落里。这也是曾任"学园祭事务局局长"要职的大人物声望颇高的证明。但要是发生地震，他应该会埋在崩塌的"声望"中吧。

"那是我的夙愿。"事务局局长在被子里嘟嘟囔囔。

"这么多慰问品反而带错了啊。"内裤总头目苦笑道，"这样下去，你连睡觉的地方都没有了。"

"没关系没关系，谢谢。"

事务局局长将内裤总头目买来的东西放到慰问品堆积而成的白色巨塔的塔尖。

"很多人来探病啊。"我说。

"京福电铁研究会的人来了，诡辩部的人来了，电影社团'褉'的人也来了。所有社团都来过了，我也不能一个个都记住……你的学长也来过了呢。"

"你说的学长是指哪位?"

"在流动戏剧中演顽固王的那个笨蛋啊。他和我从一年级开始就是朋友。"

接下来,我和纪子决定给事务局局长做菜粥,内裤总头目开始整理堆积如山的慰问品。然后,四个人一边喝着菜粥,一边怀念地谈起秋天学园祭上发生的骚动。本来担心这样会影响事务局局长的病情,但他说"和人聊天比较有精神",我们也就放心了。接着又聊起了学长。

"他为了演顽固王可真是拼了命。"内裤总头目说,"也不知道是为什么。"

"是这样吗?可学长和我说他只是偶然路过……"

"他真好意思!他简直是个舞台抢劫犯!"

"他有自己的计划。"学园祭事务局局长直直地看着我,说,"你或许不明白。"

吹了太久的恋爱之风,我自认为得的是恋爱感冒,窃喜于自己是患上传统的"相思病"的男子。可静下心来观察病情,发现事实并非如此。这只是单纯的感冒,是被事务局局长传染的。

无趣,超级无趣,真是毫无情趣。

随着我的悲叹,病情也愈加严重。

鼻涕从鼻孔里流出来,就像水从容器中溢出。咳得快吐血了。身体仿佛灌了铅，从被窝里爬起来到学校也很难。或许是我擤了太多次鼻涕，人中红肿。眼看圣诞节就要到了，真是沉重的打击。难道就没有神明和佛祖吗？

即便如此，我严格要求自己，还是将上学视为修行的一环，来到了学校。我所在的实验小组已有两名羸弱的学生臣服于感冒之神，要是我也倒下，实验数据就出不来了。我环视空旷的实验室，发现掉队者的数量不断增加，多数实验小组已经呈现无人状态。摆放着旧器具的冰冷实验室愈加荒凉。我仿佛亲眼见到了感冒之神将学生们一个个打倒在地的情形。

我用颤抖的手做实验，却打破了烧瓶；不住地咳嗽，把有害物质都吹飞了；打盹儿时还被燃烧器烧了下巴。"你啊，好了，快回去吧。赶紧回去睡觉！"副教授实在看不惯我拢着白大褂领口、垂头丧气的样子，一下扶起我，说，"学校几乎没人了啊。"

走在枯叶乱舞的校园内，冬日的寒冷、感冒的恶寒和寂寞的心情一齐涌上心头，几乎将我击倒。我屏住呼吸，想尽快从痛苦中逃脱，钻进雷打不动的被窝里，便骑上了自行车。

为了迎击感冒之神，我顺路去了趟白川街与今出川大街交叉处的超市，迈着幽灵般的步伐，飘飘忽忽地将营养饮料、宝矿力水特、点心、鱼肉汉堡和手纸扔进篮子。这时我发现眼前站着一个同样奄奄一息的男生。他抱着大瓶的可口可乐，不知为何又紧握着装生姜的袋子，半闭着眼，似乎在说："无法再继续保持理性了。"他的头发乱七八糟，身体微微摇晃，很明显是生病了。

我觉得他眼熟，忽然意识到他是内裤总头目。哎呀，他应该是在学园祭上实现了夙愿，华丽地将穿了一年的恐怖内裤脱下来扔掉了，所以现在应该称他为"前内裤总头目"。但我连和他打招呼的力气都没有，于是快步经过他身旁。他呆呆地抱着大瓶可口可乐，似乎也没有注意到我。

我爬也似的回到住处，将食物放入冰箱，立即倒进被子里。冰冷的被窝终于暖和起来，恶寒逐渐消散。

我本计划让她来探病，但又不能直接和她说"来看我吧"。这不是绅士的做法。思来想去，我决定有意无意地对社团成员放出风声："我得了感冒很难受，如果可能的话，希望黑发学妹来帮忙。"

然而，虽然我发了求助邮件，可等了三十分钟，没有一个人理睬我。简直就是石沉大海。出现这种结果，我认为有两种原因。

一个是大家不想和我联系，所以装作不知道。

另一个是大家都感冒了。

"要是后者就好了。"我想着想着，进入了梦乡。

🍎

治疗感冒，每个人都有不同的方法。

首先浮现在脑海里的，是妈妈为我磨的细细的苹果泥。回想起用勺子舀起柔软的苹果泥埋头吃进口中的感觉，上小学时那个因感冒卧床不起的寂静上午，那虽然痛苦却又无比喜悦的甜蜜时光便苏醒了。我几乎没得过感冒，因此那成了宝贵的回忆。吃过苹果泥，抱着不倒翁睡了一觉，我的感冒立刻好了。可以说苹果和不倒翁功劳不小。至于抱着不倒翁睡觉的原因，是姐姐告诉过我将不倒翁放进被子的"魔法"。

那天，我去探望因感冒病倒的纪子。

纪子喜欢又小又圆的不倒翁，于是我抱了一只能藏进被子的小不倒翁，打算将姐姐的魔法教给她。那是我在学园祭上捡到的。

纪子的家位于吉田山东面的斜坡上，是一栋淡黄色的公寓。我吃力地从神乐冈爬到吉田山狭窄陡峭的斜坡上，这时，寒冷的灰色天空中星星点点地落下了雪花，这可能是今年的第一场雪。

开门迎接我的纪子微微蹙眉，对我说："或许是去探望事务局局长时传染上的。"平日便令人感觉纤细柔弱的她看起来愈加孱弱，仿佛一触即碎的玻璃工艺品。

"今天本该去参加《顽固王》的放映会，结果去不了了。"

"那真是太遗憾了。"

电影社团"褉"跟踪拍摄了内裤总头目的流动戏剧《顽固王》，经过剪辑和配乐，准备上映。纪子与内裤总头目约好一起去，无奈高烧不退，只得空留遗憾。

我向她说明了不倒翁的神奇之处，正准备塞进她的被子里，内裤总头目抱着大瓶可乐来了。然而，探病的人却比病人看起来更虚弱，一看便知道他也得了严重的感冒，不顾自己高烧在身，在寒冷的冬日不远万里来到她的公寓探病。他痛苦地呼呼

191

喘着气，放下可口可乐，从超市的袋子里拿出一包生姜。

"治感冒要靠这个。"

内裤总头目说着将可口可乐倒进锅里，放入剁碎的姜，咕嘟咕嘟地煮起来。可口可乐里的秘密成分治感冒很有效，加上姜效果更加明显。

纪子有些为难地喝下了生姜可乐。

内裤总头目让纪子喝下热热的生姜可乐，放下心来，接着盘腿而坐，十分疲惫地垂下头嘟囔道："不换内裤的时候，根本不得感冒。不过倒是会得下半身的病，前后是半斤八两啊。"

纪子把不倒翁抱在胸前，说："不好意思，还麻烦你来看我。"

"没关系，没关系，这样你的感冒不就好了嘛。"

看着他们互相安慰，不知为什么，我觉得很幸福。关系融洽真是非常美好的事。

"今天本来想去参加《顽固王》的放映会呢。"

"那个没戏了。"

"为什么？"

"相关人员都得了感冒，放映会取消了。"

"感冒那么厉害？"

"我觉得罪魁祸首是学园祭事务局局长。凡是去看过他的人都带着感冒病毒回来散布了，搞得现在大学里也冷冷清清的。"

内裤总头目说着，向我望过来："你也要小心啊。"

"我没事。感冒之神一定很讨厌我。"

内裤总头目和纪子被感冒之苦所扰，话也变少了，最后终于烧得双眼蒙眬，只剩大眼瞪小眼。我心想也该告辞了，于是起身走近窗边，想看看天黑了没有。

外面传来叶子抚过窗户般细小的沙沙声。

我轻轻拉开窗帘，屏住了呼吸。神乐冈的街道和对面耸立的大文字山展现在眼前。雪越下越大，纷纷扬扬地洒在像大木碗的碗底一样的街道上。或许是心理作用，街道似乎在雪中静止了，变得静悄悄的。大家应该都得了感冒，正裹着被子，倾听第一场雪抚过窗子的声音。

我将额头靠在雾气蒙蒙的冰冷玻璃上，注视着下雪的街道。

可话说回来，到底发生了什么？

感冒之神，感冒之神，您为什么如此活跃？

只要迷迷糊糊地睁开眼，我便感觉身体更加沉重。我努力从被窝中扯出身子，摇摇晃晃地经过冰冷的走廊向公共厕所走去。走廊开着的窗户吹进飞舞的雪花。我一边冻得牙齿打战，一边办完了事。

回到那永远不叠的被窝中，我已经筋疲力尽。脏兮兮的天花板上无法映出未来的影像，我也无法在四叠半的角落里发表哲学高见。我用被子裹住头顶，蜷作一团抱住自己。这里既没有拥抱我的人，也没有人能让我拥抱，没办法只好自给自足。接着，我又想起了她的事。

我一动不动地凝视着被子里的黑暗之处，向根本问题发起挑战。和她认识半年多了，我只有搞迂回战术的能力得到了强化，脱离了恋爱的正轨，堕落为"永久迂回战机器"，这究竟是为什么？答案有两个：一是我无法确认她的心意，是令人唾弃的软蛋。但这实在有失体面，所以暂时否定这种回答。这样的话，答案就只剩一个了——我其实并不喜欢她。

世间有一种恶俗偏见，认为只要上了大学就应该谈恋爱。其实正相反。背负"成了大学生就要有男女朋友"这种偏见的愚蠢学生为了保全脸面胡乱奔走，结果只是产生了所有人都有男女朋友这种怪异现象，反而助长了偏见。

人应该平心静气地审视自己。我之所以这样，是不是也因为背负着这种偏见？是不是一面假装清高，一面却沉迷于流行，只是喜欢"恋爱"而已？喜欢"恋爱"的少女或许很可爱，但喜欢"恋爱"的男人却无一例外地被人厌恶。

我究竟了解她什么？除了那被我盯得要烧焦的后脑勺，可以说我对她一无所知。但为何如此痴迷于她？理由不明。她是否只是偶然被我吸入心灵的空虚之处，用来填补心灵的空白？这软弱的动机原本就是错误的。需要知耻。应该向她下跪认错。在寻求捷径之前，还是擦亮眼睛看看自己的德行吧。应该面壁思过，像不倒翁一样红着脸鼓鼓地不发一言。以这种逆境为踏脚石，才称得上"完整的人"。

我想得累了，烧得恍惚的双眼望向书架。

我想起了那个夏季的午后，徘徊在令人昏昏欲睡的旧书市寻找她。额头上冒出汗水的触感，阵雨般的蝉鸣，从古树的树梢照下的强烈的阳光……坐在铺着毛毡的长椅上与她一起品尝的柠檬汽水的味道……哎呀，我和她喝过柠檬汽水吗？这难道是我的妄想？柠檬汽水刺激喉咙的冰凉味道如今还能回忆起来，她在我身旁抱着纯白绘本微笑的脸庞依然历历在目。

　　我坐在毛毡上，陷入沉思。南北向的马场仿佛自北缓缓沉入湖底般逐渐变暗。仰望天空，饱含水分的灰色云朵忽然喷涌而出，周围弥漫着雷阵雨即将来袭的苦闷而微甜的气息。

　　不久，雨倾盆而下，我跑到旁边的帐篷里躲雨。

　　一边听着敲打帐篷的雨声，一边在书架间物色好书，我的视线停在竹久梦二文集上。拿起来哗啦哗啦翻阅的时候，一首诗歌映入眼帘。

　　我等他人是苦。

　　他人等我更苦。

　　我既无人等，亦无等我之人，

　　孤身一人又如何？

　　雨猛烈地下着。

　　现在已是盛夏的午后，可为什么这样寒冷？是因为忽然降下了雷阵雨，还是因为我孑然一身？

　　"孤身一人又如何？"

　　雨终于停了，强烈的阳光照下来。在绵延不绝的旧书山中，我四处寻找她的身影，想在旧书市结束前找到她，和她一起向同一本书伸出手。我焦急不已，忽然发现了一个酷似她的身影——猫一样的步伐、闪闪发光的黑发。然而那人影向无数排书架后躲去。无处不在的书架横挡在我和她之间。这个旧书市要延伸到哪里？为什么我这样追逐着她，却被孤零零地甩下？我啊我啊，究竟为了什么做这样毫无意义的事？

太阳终于落山了。沉入暮色的帐篷间，有星星点点的橙色电灯在闪烁。人影不见了。我呆立在空无一人的黑暗旧书市的正中央。这时昏暗的树丛对面，一辆神秘耀眼的三层电车穿过下鸭神社的参道。车窗里透出的光芒明晃晃地照亮了悄无声息的黑暗森林。挂在车上的万国旗和燕尾旗在黑暗中飘扬。

我孤身一人目送眼熟的电车离去。

孤身一人。

"孤身一人又如何？"

我再次叫喊道。

浅田糖是江户时代的中医浅田宗伯发明的。浅田宗伯向京都的中西深斋大夫学习伤寒论，明治维新之后成了皇储的御医。从他那里学会制糖的堀内先生，用可爱的宣传语"良药甜口"将浅田糖推广到世间。直至今日，人们仍然无法忘记大正时代到处肆虐、夺取无数人性命的"西班牙感冒"，以及浅田糖与之英勇战斗的传说。它是与史上最恶性的感冒战斗过、强劲的甜味小糖果。良药甜口！我也想成为那样的人。

以上是我现学现卖。

旧书店峨眉书房的老板病倒了，和樋口先生一起去探病的路上，他告诉了我这些。

那天上午，十二月的最后一堂课上完了。

我在中央食堂狼吞虎咽地解决掉午饭，走到钟塔那儿与樋口先生会合，接着乘公共汽车到四条河原町。樋口先生用羽贯小姐给的计次票替我付了车费。羽贯小姐的体温终于有所下降，我放心了。

圣诞节近在眼前，四条河原町被红红绿绿的装饰物装点得十分热闹，处处流淌着快乐的圣诞旋律。阪急百货店挂出了宣告圣诞到来的巨幅标语。樋口先生从扮成圣诞老人模样的女生那里拿了许多面巾纸。

"万一得了感冒，这个就能派上用场了。"他说，"到处都有圣诞的气氛啦。"

"是啊，感觉很快乐。"

"这其实是和我们毫无关系的外国节日。不过，快乐就好。"

"同感同感。"

我和樋口先生沉醉于圣诞节的气氛中，又摆弄了一会儿店里的圣诞物品，忽然想起最初的目的。

进入从河原町向东延伸的小巷，走过一处废弃的校舍，河原町的喧哗就被甩在了脑后。走过横跨高濑川的小桥，便看到了木屋町白天的模样。并没有大家一起喝酒那晚那样令人称奇的热闹。樋口先生穿过商住房之间狭窄的小巷，带我来到有格子门的木房前。"不好意思，打扰了！"他说着打开格子门，里面传来祖母家那种气味。樋口先生不待主人回答，就大摇大摆进了屋。

那位老板在一楼的起居室，身子深深埋在绿色的旧沙发里，正迷迷糊糊听着收音机。他抬头看着毫不客气闯进来的樋口先生，说："你别擅自进别人家啊！"

"我是来探病的，来探病的。"樋口先生回应道。

老板围着褐色的围巾，光溜溜的头上戴着红色绒线帽，嘴里嚼着喜欢吃的浅田糖。他的夫人也感冒了，正在二楼睡觉。他示意我们坐到对面的沙发上，从壶里给我们倒了草药茶。

老板把收音机关了，可以清楚地听到柱子上的时钟发出的咔嚓声。在这样的街市，起居室的玻璃门外竟有一个小小的院子，长着一棵如铁艺品般毫无趣味的树，树上残留的几片树叶在灰色的天空下摇晃。

"你不睡觉能行吗？"樋口先生问道。

"上午一直睡来着，无聊得不得了啊。"

老板咳嗽了一下，口中的浅田糖咬得嘎嘣响。

"是在闺房调查团总部被传染的。东堂那个大白痴，感冒了老老实实在家躺着不就好了，居然还厚颜无耻地抛头露面，结果去那儿的人全部病倒了。千岁屋老板也好，青年部的那群学生也好……"

老板懊恼地擤着鼻涕。

很久没有听到东堂先生的名字了，我怀念不已。

东堂先生是个中年大叔，在六地藏经营东堂锦鲤中心，精明能干，善于谈论人生哲学。在五月的尾巴上，我为了寻找酒精踏上夜之旅，第一个遇见的人就是他。如果没有他，我便不会去木屋町那家店，不会被他碰胸部，不会在危难之中被羽贯小姐所救，也就遇不到樋口先生这样优秀的人，更见不到李白先生和赤川先生那般有趣的人了。毫无疑问，我的世界会像猫咪的额头一样狭窄。东堂先生正是上天赐给我开拓人生快乐新天地的那一击。

"东堂先生也感冒了吗？那得去探病了……"

"不用管他，那个白痴！"峨眉书房的老板冷冷地说，"反正他女儿会照顾他。"

这时，传来外面的格子门打开的声音。"有人吗？"一个很有礼貌的声音问。"进来吧。"峨眉书房的老板一说，京料理千岁屋老板的身影便出现在了起居室。他穿得鼓鼓囊囊，看起来很魁梧，抱着一个包袱。

"你不在家休息能行吗？"峨眉书房的老板瞪着他说。

千岁屋老板挠着头说："哎……话是这样说，可现在这么忙，我买完东西就顺便过来了。"

"勉强自己的话，可过不了年。"

千岁屋老板从包袱中拿出一个大南瓜，说："好好吸收里面的营养吧。"又从包袱里拿出一个小玻璃瓶，里面装着许多梅干。

"我不吃南瓜，小时候吃腻了。"

"别这么说，马上就要冬至了，不吃南瓜可不行。"

"那梅干是怎么回事？我不喜欢吃梅干。"

"你可真是不配当日本人。《江户风俗往来》里可是说，经年的梅干是感冒药。用这个煮粥喝不也挺好的嘛。你夫人情况怎么样？"

"在睡觉。也发着高烧。"

"那可不行啊。"

接着，我们便喝着草药茶开始聊天。那个圆圆的南瓜很可爱，我放在膝盖上不停地抚摩，结果千岁屋老板说："南瓜有两个，给你一个吧。"我抱着南瓜想，把这个煮了，给羽贯小姐带去吧。

"是你啊，好久不见。"千岁屋老板看着樋口先生说，"我们应该在旧书市见过吧？"

"是吗？"

"不是一起吃过火锅嘛。"

樋口先生像是恍然大悟："嗯，那个可真是美味啊。"

"美味？我觉得难吃得要死。"

"是吗？我都忘了。"

千岁屋老板一时惊呆了："居然忘了，你……"

我虽然没有吃过李白先生的火锅，但那味道一定很恐怖。我是彻头彻尾的怕热主义者，只要一听"火锅"这个名字，舌尖就火辣辣的，刺痛不已。

回过神来的千岁屋老板继续说道："很多奇怪的家伙聚在一起，无论是白发老人，还是你，还是京福电铁研究会的学生……结果坚持到最后的是你和另外一个。"

"啊，他啊。"

"他呀，本来约好替我拿北斋的东西，结果中途当了叛徒。真是受不了。但他还真是拼了命想要那个绘本。"

"输给他了。"

樋口先生转向我，说："哎，那个人就是你的学长哦。"

最后，我们带着梅干、南瓜和浅田糖踏上归途。原本是去探病，却带着一堆战利品回来，请原谅贪心的我们。峨眉书房的老板将我们送到玄关，说："有兴趣的话，就去我店里看看吧。"

"店里没歇业吗？"

"来了个很有前途的孩子，我试着把店委托给他看管了。虽然还是个小孩，但聪明能干，比近来的大学生还可靠。"

我离开排水渠旁的屋子，走在北白川的街道上。

来到北白川别当的十字路口，看着黄昏中灿烂闪烁的超市，我终于想起是出来买食物的。由于还发着烧，我就像醉酒一般，觉得四周的景色都在摇晃。将酸奶和饮料放进超市的筐子里，向收款台走去时，我一眼望见了宣传圣诞节蛋糕的海报。然而现在我已经没有着急上火、仰天怒吼的力气，也没有韬光养晦的精神了，只求摄取维持生命的营养，躺在那永远不叠的被子里，甚至连反省自己为何如此缺少志气的余力都没有。

离开超市，回到自己的小屋，我小口喝完方便汤，便钻到被窝里。我向被子里的黑暗咳嗽，嘟囔道："咳嗽也是一个人。"

身体变弱以后，我一直想的就没有什么正经事。

学习成绩自入学以来从没提高过，今后也不会提高；高举着要考研究生的旗号，将找工作的事放在一边；不机灵、没才智、没存款、没有体力、没有毅力、没有领袖气质，更不是那种像小猪仔一样让人想贴贴脸的可爱男人。靠着这些"没有"，无论如何也无法度日啊。

我焦急万分，从永远不叠的被子中爬了出来，啪嗒啪嗒地拍打着四叠半大小的房间，看看能不能发现藏在某处的宝贵才能。这时，我忽然想起一年级时很信奉的一句话"真人不露相"，好像自己把"才能储蓄罐"藏到壁橱里了，又高兴起来。

"不是还有那个嘛！噢噢，是啊！"

打开壁橱，谁知里面全是大大的蘑菇。什么时候变成这样了？我诧异地想着，推开那些滑溜溜的蘑菇，从里面取出"才能储蓄罐"。它闪耀着黄金般的光芒，仿佛象征着我的未来。我将储蓄罐扣过来，疯狂地敲打，出来的只有一张纸，上面写着"从能做的事开始努力吧"。

我扑倒在被子上，号啕大哭。

🍎

我精力充沛地迎来冬至的早晨。

在被窝里睁开眼，望向玻璃窗外，便知道寒风在呼呼地吹。今天必须去大学的消费合作社买回家的票。我一骨碌爬起来，集中精力跳起诡辩舞为自己鼓劲儿。

将衣服放进洗衣机，再打开电视，我开始嗞嗞地煎鸡蛋。京都电视台的新闻始终在报道感冒的事。将我熟悉的人逐一击倒的感冒之神并没有收手，而是将矛头转向街上的人们，不加区别地大肆袭击。新闻播放着预防感冒的紧急特辑。

我居住的元田中公寓的大厅里也贴着"谨防感冒！"的海报。听说住在一楼的房东一家全都病倒了。整个公寓静悄悄的，以往一到深夜就能听见的麻将声这几天也忽然听不见了。今晚本来是社团年会，但团员大部分都病倒了，所以昨晚我接到了"年会取消"的电话。这真是前所未有啊。卧床不起的人太多了，我没法一个一个都去探望。真是遗憾。

我吃了早饭，增加了抵抗力，然后打扮了一下。衣服洗完了，晾到阳台上。不知从哪里吹来一阵不冷不热的风，但没有要下雨的迹象。

晾完衣服，我准备出门。检查煤气总开关时，房间一角咕噜噜翻滚在地的红鲤鱼玩偶进入了视线。那是在秋天的学园祭上，我用优秀的射击技巧赢得的宝物。

"对啊，把这个送给东堂先生当慰问礼物吧。"

我这么一想，便雀跃不已。

峨眉书房的老板虽然冷漠地说不必去，但还是非常细心地告诉了我东堂锦鲤中心的地址。今天的日程就定下来了。不管怎么说，东堂先生也是养锦鲤的人，要是见到这么大的鲤鱼，一定会精力充沛的。一定会！

我用大大的包袱将红鲤鱼包起来，挺胸抬头地出门了。

现在想来，上大学后我对一切思来想去，千方百计拖延早该迈出的那一步，徒然虚度岁月。我不停地绕着她这座城堡的护城河转，却除了疲惫没有任何改变。大脑中无数个自己经常进行讨论，阻止一切决定性的行动。

我从没叠的被子里起来，经过长长的走廊走向会议室。登上讲台后，我提出"向她告白"的建议，一时间会场像开了锅。

"坚决反对随波逐流！"

"你这个卑鄙的家伙，只是不想孤单吧？咬牙忍耐吧！"

"你连自己的未来都看不到，这是准备逃到她那里吗？"

"要慎重！要先确定她的心意。还是尽量用迂回战术！"

"我说你啊，你能做到和女性交往这类纤细微妙的事吗？有意思吗？"

"你不就是想摸几把乳房嘛，脑子里全是这种猥琐的事吧？"

我终于不堪忍受，决定反击。

"的确，我脑子里想的全是猥琐的事，但不仅仅是这些，还有许多别的事，更美好的事！"

"那我问你，假如你和她第一次约会，你们美好地度过了这一天，到了晚上她向你凑过来，你会怎么做？"

"她不是那么随便的女生！"

"不妨做个假设，要是她在那天晚上让你揉摸胸部，你能拒绝得了吗？"

我痛苦地扭动身体。

"不能拒绝，不能拒绝啊，可是……"

"看到了吧。你这个如假包换的大色狼。快向她道歉！跪地道歉！然后去路边找个皮球什么的揉揉满足一下吧。"

我的愤怒不断膨胀，却无法反驳，只能大叫："诡辩，这是诡辩！"

"那你简单地说一下，你为什么喜欢她？为什么选择她？你要是主张现在应该踏出一步，就应该拿出合乎逻辑、让大家都信服的理由！"

谩骂声一齐飞来：卑鄙、叛徒、逆贼、色狼、白痴、冒失……我沐浴着谩骂声，在台上奄奄一息。

"可是，诸位——"

我举起双手，向满场的论敌发出沙哑的声音。

"如果让我追根究底的话，那男女究竟要怎样开始交往呢？诸位追求的那种纯粹的恋爱说到底是不可能的。越是讨论所有的因素，彻底地分析自己的想法，越会像静止在空中的箭那样难以迈出第一步。说我是为了性欲也好，虚荣也好，赶流行也好，妄想也好，白痴也好，说什么我都接受，哪个都对。虽然明白这一切，可就算前方等待我的是失恋的地狱，不是也有值得不管不顾、纵身一跃的瞬间吗？如果现在不跳，不就要永远在昏暗的青春角落里滴溜溜转圈了吗？诸位，难道这就是你们的期望吗？就这样隐瞒自己的心意不告诉她，即使明天孤独地死去也不后悔，有人敢说这种话吗？谁敢说就站出来！"

会场上一时鸦雀无声。

我疲惫至极，下了讲台，又穿过长长的走廊回去，在没叠的被子里醒过来。好像真的冲着天花板大叫过一通，嗓子变得沙哑，一行热泪从眼角流下。此刻已毫无睡意。

"总之，现在这副德行……真是不知道该怎么办……"

我嘟囔着起身，喘息着爬到榻榻米上打开电视。就这样一言不发地盯着电视，吃着香蕉喝着茶。

窗外亮得晃眼，俨然一副冬日早晨的模样。

今天是冬至。

🍎

我从出町柳车站坐上京阪电车，包在包袱布里的红鲤鱼和我一同摇晃。在中书岛车站换乘宇治线，到六地藏车站就只有三站了。到了六地藏车站，我背着大大的包袱，向伏见桃山方向前行，终于来到了市区。

然而，怎么也找不到东堂先生的家。在我看来，东堂锦鲤中心一定是像龙宫一样的地方，一望无际的广阔蓄水池里有无数鲤鱼在舞蹈。我不可能错过那样华丽的设施。真是奇怪，我将地图横着看倒着看，在冷清的街道上走来走去，终于发现自己在挂着"东堂锦鲤中心"招牌的民居前走过好几次了。后来东堂先生说，蓄水池在房屋后面。

民居旁边好像是街道工厂，摆着许多水槽和管子，能听见机械不断地发出轰隆声。穿着工作服戴着白口罩的男人正在水槽周围巡视，我和他打招呼："不好意思，打扰了。"

"哪里哪里。"男子说道。

"我想请问一下，这里有位东堂先生吗？"

"你说的是社长吗？社长在事务所的二楼睡觉呢……"

"我听说他得了感冒，特地前来探病……"

男人打了个大喷嚏，愤愤地抱怨道："真受不了这感冒！"接着向我礼貌地鞠了一躬，"麻烦您跑来一趟，快这边请，快请。"

事务所里有个大大的球形火炉，上面的水壶静静地冒着热气。我坐在椅子上，让火炉温暖身体。不久，穿着棉衣的东堂先生从楼梯上下来了。令人怀念的黄瓜脸更加憔悴消瘦，眼睛烧得湿润，下半边脸上满是邋遢的胡子。即便如此，东堂先生看到我，还是高兴地笑了。

"哎呀，是你啊，居然特意来这儿。"

"峨眉书房的老板告诉我地址的。"

"峨眉书房的老板生气没有？是我传染他的。"

"有点生气。"

穿工作服的男人递过药，说："社长，葛根汤。"东堂先生老老实实地喝了，接着感叹道："我女儿倒是来探过病，结果把她也传染了……真是可恶。之后谁也不来看我了。你能记得我，真是太感谢了。"

"因为东堂先生是我的恩人嘛。"

"我这种人还能是你的恩人？"

我一边喝茶，一边向东堂先生讲述多亏在先斗町遇见他，才有了种种经历。东堂先生感慨地说："发生了这么多事啊。"我把慰问礼物红鲤鱼玩偶送给东堂先生，他抱着大大的红鲤鱼簌簌落泪，回忆起那天夜晚的事来。"太令人怀念了。现在想起来，再也没有比那天晚上更快乐的日子了。"

"和你聊天比喝葛根汤更有用。我很久没有这样高兴了。"

"一定很难受吧？"

"烧不退，咳嗽也很严重……总做奇怪的梦，还睡不好。"

"什么样的梦？"

"非常可怕的梦啊。我和你说过今年春天被龙卷风袭击的事吧？那个梦我总是一遍一遍地做。夕阳下，我望向天空，喊着一条又一条鲤鱼的名字。可是它们却被龙卷风吸走了……反复做这种梦，真是受不了啊。"

"真是不容易。"

"话说回来，大家都感冒了，我给大家添麻烦了……"东堂先生伤感地嘟囔着，把手罩在火炉上。注视着这个伤感的身影，我的脑海里清晰地浮现出感冒之神在人群中一蹦一跳的情形。

感冒之神从东堂先生那里出发，来到了奈绪子夫妇家，那对夫妇传染了赤川社长，赤川社长又传给了内田医生和羽贯小姐。同时，东堂先生将感冒传染给了闺房调查团的人、峨眉书房的老板、京料理千岁屋的老板、闺房调查团青年部的人，还有学园祭事务局局长。学园祭事务局局长把感冒传给了内裤总头目和纪子，还传染了前来探病的京福电铁研究会、电影社团"褛"、诡辩部等相关人士。几十名相关人士又传染了各自的熟人，没多久就蔓延到了整个大学。数千名学生得了感冒，进而扩展到他们出入的打工场所、游乐场所，至此，整个京都的街道都……

这时，我忽然想到一件事，问："东堂先生为什么会感冒呢？"

东堂先生苦笑道："其实啊，我的老毛病又犯了。李白先生拿到了了不起的……那个……春宫图，我到他那儿去看看。那时，李白先生正在咳嗽，我一定是那个时候被传染的！"

李白先生！

感冒之神在遍布我们周围的缘分之线间纵横来去。独自坐在这奇异情形中间的人，正是李白先生！

我被沉重的事实打击，在东堂先生面前叹气。

可是，大家如此齐心地得了感冒，为什么只有我没得？感觉自己就像是大家都在沉睡的午夜，一个人在被窝里睁开眼的小孩子。

我不由得嘟囔道："孤身一人又如何？"

"你没事吧？"东堂先生一脸担心地问。

⊙ᴏ

我在万年不叠的被窝中一会儿起身一会儿躺下，度过了一年中最短的冬至日白天。

带着鼻音的学弟告诉我，原定在今晚举行的社团年会暂时取消。"为什么不来看我？"我发怒了。"哪有那个工夫。"学弟完全忽视我的话，把感冒让街上变得空荡荡的事说给我听，"快看电视吧。"

我坐在被窝里，把被子披在肩上，看京都电视台的节目。

感冒之神已经取代了街上大肆风靡的圣诞热潮，登上了主角的宝座。电视里一直在全力报道感冒特辑，还在传授对我已经没有用处的各种预防感冒的对策。圣诞节就在眼前，街上本应热闹非凡，如今却被感冒之神踩蹋得如此悲惨，我不禁大声称快。反正我也得一个人寂寞地忍受感冒的痛苦，无法庆祝圣诞之夜。那些想跑到街上过圣诞节的可恶家伙，一个不剩地被感冒之神踢回家才好呢。

"不过这感冒还真厉害，简直像那场西班牙流感。"

街道上寂寞的景象，连我看了都惊呆了。

电视里，戴着夸张口罩的记者站在四条河原町的信号灯前叫喊："请看，行人多么少啊！"那里几乎没有行人，也极少有车通过。路过的市区公交车俨然成了空箱子。街上为圣诞节准备的金碧辉煌的装饰物反而凸显了毫无生气的寂寥，甚至令人感到害怕。简直就像幽灵街。

记者像是在世界大战后寻找生还者一样，在大街上徘徊，遇到行人便上去搭话。这时，镜头捕捉到了飞快地走在河原町大街上的黑发少女。我不由自主地爬出被窝，就像字面意义上那样，咬住电视机不放。

"连口罩也不戴，您真是很健康啊，请问您预防感冒的秘

诀是什么？"记者问。

"没什么特别的……非要说的话，就是感冒之神不喜
欢我。"

"您为什么说得好像很难过呢？"

"因为只有我一个人没得感冒，被排斥在外了。"

我心仪的黑发少女对着摄像机，似乎很寂寥。

🍎

我坐着京阪电车又折回来了。乘客少得可怜。

我一边在电车里摇晃，一边想。

好久没见到学长了。我开始担心他是不是出了什么事。以
前我们几乎每隔几天就能神奇地偶遇一次，这么长时间没有见
面实属罕见。我不禁担心起来，莫非学长正感冒发烧，独自卧
床不起？那可是大事。就像内裤总头目、学园祭事务局局长、
樋口先生、千岁屋老板告诉我的那样，学长在我不知道的地方
可是活跃至极。他因为感冒被困在家里，一定很痛苦。学长是
非常亲切又充满爱的人，所以才会为了我拼命寻找绘本，和我
出演戏剧，给我提供多方关照。我下定决心，必须报恩！

我打算顺路去趟峨眉书房，便在京阪四条站下了车，上台
阶到了四条大桥东侧。街上异样安静，以前人来人往的四条大
桥上只能看到稀稀拉拉几个人影。闪耀的太阳光变弱了，从桥
畔望向北方，在鸭川尽头，北边的天空上出现了不祥的黑云。
不冷不热、让人感觉不妙的莫名之风抚着我的脸颊。

出了河原町大街，风依然在空荡荡的大街上横行无阻。鳞次栉比的店铺装饰着圣诞饰品，看起来灯火辉煌，却没有顾客造访。摇摇晃晃经过的人影都戴着大大的口罩。

四条河原町的一角，京都电视台正在进行街头采访，我也被采访了。记者似乎也感冒了，访问结束时，我对她说："要注意身体啊。"她说："谢谢，你也是。"随后，我们无言地环视街道。

我们仿佛站在世界终结后的四条河原町。

店里播放的圣诞歌曲不时被吹来的大风盖住。风穿过公寓之间，发出宛若潜伏在里面的巨大怪兽吼叫的声音。这阵风到底是从哪儿吹来的？我迎着把自己和圣诞节都刮得一团糟的风，终于走到了峨眉书房。

推开玻璃门，书店里面就像被堆积的书籍吸走了声音一样，静悄悄的。暖气热热的，我放下心来。进门处堆放着漂亮的盒装全集，堆得像塔一样。

一位漂亮的少年坐在最里面的柜台后，下巴搭在柜台上，好像生气一样脸颊鼓鼓的，盯着一本破旧的大书看。

"你好。"我和他打招呼。

少年用鼻子"嗯"了一声，抬起头来，立刻多云转晴。"哎呀，这不是《拉达达达姆》的大姐姐嘛，好久不见呀。"

"旧书市之后我们就再没见面吧，没想到居然在这里见到了。"

"这家旧书店的老板收我为徒，我和他约好寒假每天都来这儿。"

“老板说你是有前途的孩子呢。”

“那当然！我可是天才。”

“你在读什么？”

“这个呀，是本叫《伤寒论》的中国医书。”

少年将《伤寒论》收起来，拿水壶给我倒了杯茶。作为回礼，我给了他一颗浅田糖。

“我没感冒啊。没感冒的时候吃感冒药对身体可是有害的。吃多了会喷鼻血呢。”他津津有味地一边舔，一边嘟囔，“现在得感冒的人可多了，大姐姐没事吗？”

“感冒之神不喜欢我。”

“大家都离不开被窝了。在感冒之神老实以前，整个街道都动不起来喽。你不觉得有点高兴？没得感冒的只有大姐姐和我呀。”

他一脸得意地抚摩着《伤寒论》：“要是真得了感冒，我就舔‘吃感冒药也治不好的感冒的药’。”

“那是什么？”

“能让吃了感冒药也治不好的感冒立即治愈的药。”

少年从身旁拿出一个小瓶，里面装着清澈的褐色液体。状如不倒翁的胖胖的瓶身上贴着标签，用古色古香的字体写着“润肺露”。

“这是大正时代卖的感冒药，现在已经没有了。我爸爸很懂中药，是他自己做的。我也能做。”

“那么有效吗？”

“就像魔法一样。大姐姐要是想要，我分给你一瓶。”

我想起一件事——如果学长正为感冒所苦，就把这个感冒药送给他，向他报恩。

我小心地收好少年给我的药。

再次推开沉重的玻璃门，走向河原町，少年站起来目送我远去。寂寞的街道再次刮起了风，扬起小纸屑。一个像闪闪发光的燕尾旗一样的东西沐浴着云缝间洒下的几缕阳光，飞到河原町的公寓楼之间去了。我和少年站在旧书店前面抬头仰望。

"我觉得大姐姐一定不会感冒的。这是神明的主意。"少年说，"那瓶感冒药给大姐姐觉得重要的人就好了。"

"谢谢。"

"欢迎再来。"

我乘市内公交准备回家，车上除了戴着大口罩的司机，只有我一个人。我走在空旷的大街上。

以往被年轻人挤得水泄不通的出町柳车站前一片寂静。从这里走回公寓的路上，街道也死一般寂静，只能听到风吹过电线杆顶的呼啸声，静得让人恐慌。

到公寓时，我恰巧遇到戴着大围巾的羽贯小姐从里面出来，她拎着大购物袋。

"啊！你居然在这儿！"她一脸明朗的表情，"我买完东西，顺便过来找你。"

她声音略显沙哑，但看起来很有精神，我放心了。风吹乱了羽贯小姐的头发。她站在我旁边，愤愤地环视四周。

"哎，为什么这么静啊？"

"感冒病毒大流行的缘故。"

"我还以为我睡觉的时候，世界毁灭了呢。"

"羽贯小姐，找我有什么事吗？"

我一问，她便低声说"你可别吃惊啊"，蹙起美丽的眉毛。

"樋口感冒了。"

我独自寂寞地忍耐生病的痛苦，在被窝里辗转反侧。每当怯懦的不安涌上来，我便小声嘟囔："从能做的事开始努力。"说的次数太多了，结果这句话不断在脑海中徘徊，不肯离去。

从能做的事开始努力。努力。

努力，努力。

回过神来，我已经踏着石板路，努力走在夜间的先斗町了。餐厅和酒吧的光亮在石板路间交错，仿佛是浮现在夜晚的幻境。我不知道自己要到哪里去，唯有努力地在嘈杂的往来醉客中穿行。这时，一个苹果掉落在我眼前。"为什么这种地方会有苹果掉下来？"我正觉得奇怪，才发现掉下的原来是不倒翁。

我在前往一家酒吧的途中迷了路。若是平常，我绝不会迷路，可若是在梦里，就一点办法也没有了。我一个人坐下来，喝伪电气白兰。走廊模样的店里传出欢声笑语。

不久，一个穿着浴衣的奇怪男人轻飘飘地从天花板附近飘到收银台上方。他叼着雪茄，不停地吞云吐雾。就算是在梦里，我也只认识一个能做出此等怪异之事的人。"哎，樋口先生。"我仰头叫道。

樋口先生在天花板一角骨碌转了个身，盘腿而坐。"是你呀，真是奇遇。我们自学园祭后就再也没见过吧。你也感冒了？"

樋口先生静静地在我身旁的椅子上着陆。他一脸懊恼："说起来真是丢脸，我到底也感冒了。"

"不过你看起来很有精神啊。"

"那是另一回事。"

"莫名其妙。"我接着问他，"你是怎么飞起来的？我飞不起来。"

"不抓住要领可飞不起来。你要不要当我的徒弟？"

"我可不愿当你的徒弟。不知为什么就是很不愿意。"

樋口先生说道："哎，别这样说嘛。羽贯他们来探病之前，我没什么事做，只能一个人睡觉。你要是在这儿学会了'樋口式飞行术'，总有一天会派上用场的。"

"总有一天是哪一天？"

"好啦好啦，快来吧。"

樋口先生像天狗一样咯咯笑着，把我从酒吧里拉出来。

🍎

樋口先生住在下鸭泉川町的一栋木结构公寓里。

"下鸭幽水庄"古意苍然，倾斜的屋檐上放置的空调室外机就像随时要掉下来一样。从窗子里支出来的晾衣竿上挂着衣服，像旗帜般飘扬。并排的玻璃窗被风吹得吱吱作响，要是有相扑力士来个突袭，整栋公寓怕是要倒塌了。

下午三点，我和羽贯小姐来探病。天气忽然阴沉下来，周围暗得像是黄昏降临。一阵强劲的风吹来，纠之森沙沙作响，令人毛骨悚然。风来自黑暗的森林深处。

上二楼时，强劲的风吹得幽水庄像地震一样摇晃，我和羽贯小姐本能地抓紧对方的手。我们在满是尘土的昏暗走廊里穿行，终于找到了最里面的樋口先生的房间，房门前堆放着许多垃圾，连落脚的地方都没有。"真脏啊！"羽贯小姐边推开垃圾边说。

我和羽贯小姐一进屋，就见到樋口先生裹着被子，歪着嘴，摆出"へ"的形状。"我做了一个奇怪的梦。"他面向天花板喃喃自语，懊恼地叫着，"我居然会感冒！"

我把千岁屋老板给的南瓜放在樋口先生枕边，准备用流理台上的电炉做玉子酒。羽贯小姐一边在他的额头放降温贴，一边报复地说："樋口到底也感冒了呀。"

我把玉子酒递给终于从被窝里爬起来的樋口先生。

"樋口先生这样的人怎么会感冒呢？"

"我准备去李白先生那里探病来着。"樋口先生一边呼呼地吹玉子酒一边说，"不料越接近李白先生的住所，感冒之神的威力就越强大。结果我没探成病就败下阵来。这可不是普通的感冒啊，现在四处蔓延的感冒就是李白感冒。"

"李白先生住在哪里？"

"纠之森里。感冒病毒源源不断地从那里涌出。"

"看来不从根本上解决问题不行啊。"羽贯小姐说。

"可是没有药对他有效。就算有，谁给他送过去也是问题。"

我拿出峨眉书房那个少年送给我的小瓶子。樋口先生看见了，脸上忽然一亮，他接过这琥珀色的瓶子，借着电灯的光亮看向里面，"啊啊"地发出感叹声。

"这可是空前绝后的灵丹妙药润肺露！是我早就渴望得到的极品，和性能超高的椭圆形棕刷并称双璧。从前，李白先生就是吃了它，才从西班牙流感中生还的……你从哪儿得来的？"

"一位旧书店的少年送给我的。"

"干得好呀，干得好。"

樋口先生打开瓶盖，把一次性筷子伸进去蘸了一圈，又盖上盖子还给我。他兴奋地舔着润肺露，高兴地说："好吃，真是太好吃了。"

"用这个能治好李白先生吗？"

这时，巨兽般的黑色暴风忽然向幽水庄袭来。玻璃窗发出即将粉碎的声音，我们不由得缩成一团。

羽贯小姐起身打开窗帘，叫出声来。

向窗外一看，密密麻麻的屋顶后面，一根巨大的黑柱冲天而立，从御荫大街向贺茂川方向缓缓移动。它的轮廓有些模糊，看不清楚，但店铺的招牌、枯叶、传单和空罐等都被卷到空中，发出碎裂的巨响。

"那不是龙卷风吗？"羽贯小姐小声说，"有生以来第一次见到，赚了。"

相扑力士来个突袭，整栋公寓怕是要倒塌了。

下午三点，我和羽贯小姐来探病。天气忽然阴沉下来，周围暗得像是黄昏降临。一阵强劲的风吹来，纠之森沙沙作响，令人毛骨悚然。风来自黑暗的森林深处。

上二楼时，强劲的风吹得幽水庄像地震一样摇晃，我和羽贯小姐本能地抓紧对方的手。我们在满是尘土的昏暗走廊里穿行，终于找到了最里面的樋口先生的房间，房门前堆放着许多垃圾，连落脚的地方都没有。"真脏啊！"羽贯小姐边推开垃圾边说。

我和羽贯小姐一进屋，就见到樋口先生裹着被子，歪着嘴，摆出"へ"的形状。"我做了一个奇怪的梦。"他面向天花板喃喃自语，懊恼地叫着，"我居然会感冒！"

我把千岁屋老板给的南瓜放在樋口先生枕边，准备用流理台上的电炉做玉子酒。羽贯小姐一边在他的额头放降温贴，一边报复地说："樋口到底也感冒了呀。"

我把玉子酒递给终于从被窝里爬起来的樋口先生。

"樋口先生这样的人怎么会感冒呢？"

"我准备去李白先生那里探病来着。"樋口先生一边呼呼地吹玉子酒一边说，"不料越接近李白先生的住所，感冒之神的威力就越强大。结果我没探成病就败下阵来。这可不是普通的感冒啊，现在四处蔓延的感冒就是李白感冒。"

"李白先生住在哪里？"

"纠之森里。感冒病毒源源不断地从那里涌出。"

"看来不从根本上解决问题不行啊。"羽贯小姐说。

"可是没有药对他有效。就算有，谁给他送过去也是问题。"

我拿出峨眉书房那个少年送给我的小瓶子。樋口先生看见了，脸上忽然一亮，他接过这琥珀色的瓶子，借着电灯的光亮看向里面，"啊啊"地发出感叹声。

"这可是空前绝后的灵丹妙药润肺露！是我早就渴望得到的极品，和性能超高的椭圆形棕刷并称双璧。从前，李白先生就是吃了它，才从西班牙流感中生还的……你从哪儿得来的？"

"一位旧书店的少年送给我的。"

"干得好呀，干得好。"

樋口先生打开瓶盖，把一次性筷子伸进去蘸了一圈，又盖上盖子还给我。他兴奋地舔着润肺露，高兴地说："好吃，真是太好吃了。"

"用这个能治好李白先生吗？"

这时，巨兽般的黑色暴风忽然向幽水庄袭来。玻璃窗发出即将粉碎的声音，我们不由得缩成一团。

羽贯小姐起身打开窗帘，叫出声来。

向窗外一看，密密麻麻的屋顶后面，一根巨大的黑柱冲天而立，从御荫大街向贺茂川方向缓缓移动。它的轮廓有些模糊，看不清楚，但店铺的招牌、枯叶、传单和空罐等都被卷到空中，发出碎裂的巨响。

"那不是龙卷风吗？"羽贯小姐小声说，"有生以来第一次见到，赚了。"

"那是李白先生的咳嗽，里面充满了细菌，看来已经到感冒晚期了。"

樋口先生舔着润肺露，看着我。

"李白先生的感冒已经危及生命了，盘踞在他体内的感冒之神不断生出手下，让李白感冒在街上蔓延。前去解救他的人接二连三地倒下，再这样袖手旁观下去，整个京都都会被感冒消灭。你把润肺露给他送去吧。"

我拿着润肺露站了起来。

"明白。"

🍎

不知好歹地要与强大的李白感冒对抗，就得进行必要的准备。

我向附近的浴场进发。被风掀起的布帘旁边，贴了一张"今日柚子浴"的告示。浴场里没有人影。大大的浴池里，包在网中的柚子浮浮沉沉。浸泡在弥漫着酸酸味道的大浴池里，身体暖暖的。我想起神明赋予的任务，对着天花板小声说了句："来吧！"

回到下鸭幽水庄，羽贯小姐担心我，觉得为防万一，把所有能治感冒的东西都带去才好，于是用这样那样的东西塞满了我的旅行包。蜂蜜生姜汤、鸡蛋和酒、可口可乐和生姜、千岁屋老板给的梅干、煮南瓜、一个大柚子、苹果、葛根汤。最重要的当然是润肺露，我用布把这个小瓶绑在腰上。此时我简直就是会走路的感冒药。

羽贯小姐和樋口先生目送我走向下鸭神社的参道。

空中阴云低垂，就像台风来袭时那样。风不冷不热地吹着。刚才刮过龙卷风的御荫大街到处都是垃圾和自行车，一片狼藉。

我站在御荫大街下鸭神社的入口，看着通往纠之森深处的空无一人的参道。应该叫这股风"妖风"吧，它阴森森地从微暗的森林里吹来，刮起的沙尘哗啦哗啦地吹到我脸上。郁郁葱葱的古树剧烈地摇晃，恐怖的声音响彻林中。仿佛被风引诱了一般，我踏上无人的漫长参道，向北前行。

在长长的参道上走着，我想起与李白先生初遇的那个先斗町的夜晚。那天晚上，我们两个很开心地喝了伪电气白兰，那时我从肚子里感到幸福。虽然有人说李白先生是个非常恐怖的放高利贷之人，但在我眼中，他只是一位祖父般慈祥的长者。

参道的左边，是夏季举办旧书市的南北延伸的马场。

那里有个庞大之物边移动边发出可怕的声音。我逃向参道的右侧，紧紧抱住路旁的树。然而大树被暴风吹得摇摇晃晃，沙尘和落叶不断飞来，我根本无法睁开双眼。树丛对面，龙卷风将马场的泥土吸到树梢，然后迅速向南推进。风中不断传来树干的碎裂声，仿佛纠之森在悲鸣。

我抱着大树，一直等到龙卷风离去，才擦了擦满是泥土的脸颊，微微睁开眼，盯着参道深处看。风再次呼呼吹起，破碎的万国旗和七色燕尾旗飞过身旁，应该是李白先生居住的三层电车上的装饰物。意识到这一点，我开始四处张望，发现参道和树枝上挂着许多这样的装饰物。

我继续在参道上前行，看见马场最北边有橙色的光忽明忽灭。

黑暗森林的一角，像魔法般一会儿亮一会儿暗。我终于在树丛后面发现了李白先生的三层电车。即使离得远，也能看出曾经无比华丽的电车装饰已破碎殆尽，不见踪影。屋顶的竹林也已荒芜，车窗全都碎了。

那辆宛若废墟的电车像是在呼吸一般，忽明忽暗。刚让人觉得晃眼得吓人，猛烈的暴风便从车中吹来，电车瞬即像没了气力一样暗下来。那应该是病床上的李白先生痛苦的呼吸。

"哎，李白先生！我来看您了！"

我调整了一下旅行包，迎着前方吹来的风前进。

我优雅地在先斗町上空飞翔。

没有比天狗樋口先生的教学方法更含糊的了。他跑到相熟的旧书店里，擅自去了晾衣台，指着天空对我说："只要能脚不着地地活着，你就能飞。"

我以为被耍了，心中描绘起不着边际的未来景象："某一天在老家的后山挖东西，没想到挖出了石油，结果大赚一笔成了富翁，于是从大学退学，一直到死都过着幸福的生活……"这时，身体眼看着变轻了，轻飘飘地从晾衣台上浮起来。樋口先生在晾衣台上向我挥了一会儿手，然后消失不见。

我轻盈地在木屋町和先斗町之间密密麻麻的屋顶上跳来跳去，只要留神像网一般覆盖在房屋上的电线，什么地方都可以去。我在更高的商住房楼顶一踢，然后高高跳起，缓缓扭转身体，俯瞰着城市的夜景。夜晚街道上的灯火如宝石般灿烂夺目，四条乌丸地区金融街的光亮，远远望去像蜡烛一样闪亮的京都塔的光芒、祇园的红光，还有自三条木屋町向南网状蔓延的娱乐街的光芒，都在绽放。

我降落到商住房的屋顶上，坐在房檐处摇晃着双腿。空中有一轮大大的月亮，眼前，南北向的先斗町在发光。

我就这样迷迷糊糊地想，她现在在做什么呢？此时，一辆神奇的交通工具华丽地穿过眼底的先斗町，静静地前行。像是电车，上面还有小竹林和水池。是李白先生的三层电车！

我回想起那个奇异的先斗町之夜。

在漫长而空洞的夜之旅尾声，我在那辆电车车顶的古池边听她和东堂交谈。东堂胡说什么龙卷风把他的鲤鱼吹跑了，想博取她的同情。我为了从那个卑鄙无耻的男人手里拯救纯真的她，决定挺身而出，不料被天空中飞来的不明物体直击头顶，结果倒下了。想起这件事就觉得丢人。

这时，我忽然想到为了和李白先生比酒，她一定会出现在车顶。只要待在那里，一定能遇见她。于是我从商住房的屋顶敏捷地飞向夜空，向三层电车的车顶转移。

在空中飞翔时，一个念头萦绕在我的心间："如果她真的来了怎么办？"上次我的演讲已经让脑袋里的中央会议不发一言。我只好闭上眼，向光辉的未来跳跃。马上就要到三层电车了，看得到房间里透出亮橙色的光。光芒四射的枝形吊灯随着三层电车行进的步伐摇曳，能看见李白先生坐在宽敞舒适的椅子上的背影。"不过……"我一边瞄准着陆点一边想，要是她歪着那可爱的小脸，摆出一副"哎呀，你到底在说什么？你这无名小卒"的表情，我该怎么办？我的自尊心能忍受这种屈辱吗？那时，我将失去一切希望，什么都没有了。

被现实的烦恼所扰，我飞不起来了。

不堪现实的重负，我掉落到三层电车车顶的古池中。我跃古池水声响 [1]。我落入水中，目力所及之处，跃起红白相间、颜色鲜亮的锦鲤。

🍎

被暴风侵袭过，一楼的书房已经杂乱不堪，曾经的华美气氛荡然无存。破损的浮世绘和线装书凌乱地散在书架和倒着的书桌之间，从旋转楼梯吹下的骇人之风将一切搅得乱七八糟。我爬也似的上了楼梯，来到二楼的宴会厅。

宴会厅里，李白先生正盖着被子睡觉。用细绳穿起的马口铁提灯将被子围了起来。李白先生每次蜷缩着身子呻吟，提灯便一齐闪烁，这便是我见到的忽明忽暗之光的源头。

提灯照耀下的宴会厅十分荒凉。大挂钟掉下来，压坏了下面的留声机；青瓷壶和狸猫摆设砸得粉碎，凌乱地撒在地板上；

---

[1] 此处模仿松尾芭蕉俳句《古池》中的"蛙跃古池水声响"。

所有的窗户都脱落了，木板墙上装饰的各种面具和彩色浮世绘版画全被吹跑；惨遭损坏的油画被刮到旋转楼梯口。李白先生独自一人在这些残骸正中央昏睡。我难过得简直要哭了，飞奔到李白先生的铺盖旁，隔着被子搂住他。

"李白先生！李白先生！"我叫道。

李白先生原本在被子里紧闭着双眼，听到我的声音，他睁开眼睛。他脸色苍白得吓人，嘴唇在颤抖，眼睛却闪闪发光。

"是你啊。"李白先生终于吐出一句话，"我啊，很快就要死啦。"

"没事的，您放心吧。"

我理理李白先生蓬乱的白发，摸了摸他那热得简直要燃烧的额头。

这时，提灯忽然变得异常明亮。李白先生痛苦地扭着身体，咳嗽得非常厉害。把手放在他额上的我，也被这掀起的暴风吹到了旋转楼梯那儿。暴风停止后，提灯不亮了，李白先生周围暗淡下来。我抓着楼梯扶手，紧张不已。提灯再次亮起。我说："李白先生，我带药来了。"

"不用了，不要管我！"李白先生悲痛地说，"你也会感冒的。"

"没关系，我没事。"

虽然被吹跑了好几次，我还是往返于宴会厅角落与李白先生之间照顾他。我用一次性筷子骨碌碌地卷起润肺露，李白先生一脸怀念地眯着眼，就着提灯的光亮舔了舔像琥珀一样闪耀的药。"就是这个，就是这个！"李白先生欣喜地小声说。我从旅行包里取出降温贴，贴在他热热的额头上，又趁李白先生咳嗽，磨了苹果泥给他吃。

在这里只能听到纠之森的沙沙声和李白先生的呼吸声。痛苦而漫长的时间过去了。

落入李白先生古池的我露出头来，忽然发现地方变了，这里居然是腥臭的蓄水池！猛烈的夕阳射出刺眼的光，方才还在夜晚先斗町的我不禁皱起眉头。虽说是梦，可场景转换得也太快了吧。轰隆隆的骇人声响传来，四周的暴风为何吹得这么厉害？浸泡着我的池水也猛烈地摇动，可怜的锦鲤害怕得瑟瑟发抖。

我在蓄水池边支着下巴，吐出缠在舌头上的水草。

这时，只见栏杆旁边有个中年男人被一个年轻人抓住胳膊。他最终甩开前来制止的员工，一脸悲痛地向这边奔来。

那人便是锦鲤中心的主人——东堂。

他全身沐浴在夕阳里，寥寥无几的头发被暴风吹得乱七八糟，像要对老天倾诉一般展开双臂。"快住手！"他大叫道，"把优子还给我！把次郎吉还给我！"他不断地呼唤许多锦鲤的名字。

我一边泡在池中，一边看东堂疯狂的模样。

他终于哭了，向相反的方向走去。忽然，他发现了泡在蓄水池里的我，惊讶万分，下巴都要掉下来了。然后，他一边逃跑一边用力地向我挥手，惊恐地望着天空喊道："快逃快逃！"

我一回头，眼前耸立着一团顶天立地的黑色龙卷风，将蓄水池的水和闪闪发光的鲤鱼纷纷吸到空中。

"没有逃的时间了！"

我果断地下了决心，闭上眼睛集中精神。

结果，我步上鲤鱼的后尘，英勇地飞上天空。

🍎

不知不觉中，李白先生剧烈的咳嗽停止了。

我被风不断摧残，疲惫不堪，迷迷糊糊地睡着了。

也不知睡了多久，我醒来时，肩上多了一条柔软的毛毯。倒在地板上的大挂钟咔嚓咔嚓走着，指针指向五点。我抬头一看，李白先生正从被压坏的架子上找出一瓶没有摔坏的伪电气白兰。他见我睡醒了，便说："太感谢了。要是你不来，我就没救了。"然后他在有缺口的青瓷盘上点燃油画的画框，将伪电气白兰放进锅里加热。

"来，把这个喝了暖暖身子。"

我裹着毛毯，在钻进被窝的李白先生身旁，喝下加了柚子汁的伪电气白兰。肚子里变得暖洋洋的，精神逐渐恢复了，周围的景色也愈加鲜亮起来。李白先生从被子里露出脑袋，盯着我说："感冒以后就变得软弱了，真不好意思。"

"那是因为您烧得太严重了。"

"在冷清的冬夜，孤零零一个人躺着很害怕。我什么亲人也没有……只剩自己一个人。在烧得难以入眠的夜里醒来，就像变成了小孩子。想起很久以前的那些日子。那时我独自在被窝里醒来，叫着妈妈。不过现在，谁也不在我身边了……"

"有我在啊。"

我小声嘀咕着，忽然想起学长。他是不是也一个人在被窝里躺着呢？是不是也孤零零地经历着一年中最漫长的夜晚呢？

"得感冒的夜晚很漫长。"

"今天是冬至，一年中最长的夜晚。"

"不过啊，无论是多么漫长的夜晚，都一定会迎来天亮。"

"是啊。"

李白先生看着我，莞尔一笑。

不知他在咕哝什么，我凑到他嘴边细听。

"春宵苦短，少女前进吧！"李白先生说。

我看着他的脸笑了。这时，被子周围的提灯忽然一同发出光亮，李白先生猛地深吸一口气，挥着手说："快躲开！"事出突然，我好不容易才退开几步。

李白先生一咳嗽，从未遇到过的强风吹来。

后来，我在庆祝李白先生病愈的宴会上听说，李白先生那个时候才终于把赖在体内的感冒之神赶出去。感冒之神化作暴风，从他口中飞出，在宴会厅施展了最后的疯狂，然后飞出窗外，变成巨大的龙卷风，将夜晚的空气骨碌碌搅拌在一起，摇动着纠之森。围住李白先生被窝的提灯在黑压压的龙卷风中闪耀光芒。这些由细绳串起的提灯像电车般发着光飞舞。要是从外面仰头看，一定是很不可思议的景色，但我是不能这么做了。

因为我也在龙卷风中，和那些东西一起旋转。

我骨碌碌地转着，什么也不知道了。

感冒之神离开李白先生实在可喜可贺，可它顺便也将我带到了天空中。

我从蓄水池被吸到龙卷风里，现在还在上升，感觉就像顺着旋转滑梯倒着滑向天空。我以惊人的速度不断攀升，轻易就被吸了上去。现在所处的位置应该很高了，可周围太暗，什么也看不见，实在无聊。我不禁厌倦起来："到底要升到多高啊？！"

我抬头仰望，发现一片漆黑中闪现出一排橙色光点。那是细绳穿成的像电车一样的提灯，是从什么地方被吸上来的吧。我觉得龙卷风卷来了很漂亮的东西。定睛一看，发现提灯电车末尾处挂着一个娇小的女生。她闭着眼，紧紧抱住提灯。我正觉得卷来这个也不错，猛地发现居然是她！

那时，我脑海里只浮现出一个词——"奇遇"。

要是有哪个不知好歹的人泼我的冷水，说"这一切不过是个梦"，那他就应该被狗咬。是梦还是现实，这并不是本质问题。我的才能宝箱的确已经弹尽粮绝，但我忘了其中剩下的最大的能力——将幻想和现实混杂在一起的才能！

要是能从如此危急的状况中拯救她，我的人生一定能开拓光荣的新天地！一定没错！我的妄想之火燃得一发不可收拾，从第一次与她约会到获得诺贝尔奖，未来人生中各种值得纪念的场面走马灯般闪过，各种不着边际的光辉未来填满大脑的峡谷。身体像充了氢气一般飘起来。

我使用樋口式飞行术，像虎头海雕一样飞起。

我抓住成串提灯的一端，来到她近旁，她微微睁开眼睛。

轰隆隆的声音和暴风中，我们无法交谈。

她微笑着用不成调的声音说："真是奇遇啊。"我也用不成调的声音回答："只是偶然经过而已。"

我拉着提灯，向她伸出手。

她握住我的手。

我打算从咆哮的龙卷风手中逃走，便牵着她的手翻了个身，推开旋涡状的气流，胡乱摸索着前进。忽然，将我们关在里面的黑暗霍然洞开，眼前一亮。我们从狂乱的暴风中解放出来，回过神时，已经在澄澈的天空中滑翔了。

我们双手紧握，看着脚下一望无垠的京都街道。

还有围绕着街道的云蒸霞蔚的群山。

举办学园祭的大学、举办旧书市的纠之森、我们一起度过漫长夜晚的先斗町，还有金融街、鸭川、寺庙、神社、御所森林、吉田山、大文字山，以及被命运之线系到一起的无数人居住的公寓、居民大楼和民宅的屋顶——它们都沉浸在蓝色的朝霭中，静静等待黎明。我们险些被可怕的空气冻僵，向黎明前的街道降落。

她忽然把脸凑过来，叫道："南无南无！"

她发亮的双眸注视的，是大文字山后面如意峰方向明灿灿的朝阳。那束阳光将她白皙的脸庞照得无比美丽。

我们看见新的早晨如多米诺骨牌一般，在沉浸于蓝色朝霭中的街头铺展开来。

我大头朝下趴在床上，昏昏沉沉地摆了摆头。

在京都上空数百米处品尝到的幸福，像大海退潮般消失殆尽。

我再次被迫回到现实，把嘴埋到枕头中，呜呜地呻吟——梦是那样真实，握着她的手的感觉是那样逼真，只是，那手感是不是"逼真"过头了？

我扭头看向旁边，她孤零零地端坐着，握着我的手。射进窗内的白色晨光照在她的黑发上。她用水汪汪的美丽眼睛直直地盯着我，像是在说，她很担心我。

"你没事吧？"她说。

这时，我的记忆复苏了。我从心底爱上她，就是在一个黎明之际，是我走在夜晚的先斗町，倒在古池边正准备向天空吐口水时，她凝视我的一瞬间。那是半年以前的事了，但回想起来，便从遥远的过去飘然而至。

我被欲望驱使，难以抗拒世间的潮流，无法忍耐一个人的寂寞——各种想法在内心来来去去，最终却像泡沫一样消失不见。只有她那略微湿润的亮晶晶的瞳孔、小小的低语声和美丽的脸颊留在心中。

"学长为什么会在那个地方？"

"……偶尔经过罢了。那你为什么在这里？"

"不是学长带我来的吗？"

是吗？

我一直在被窝里做着乱七八糟的梦。

"学长降落得非常漂亮！"

她伸出手，将手心盖在我的额头上。我还没有退烧，她用那冰凉的手为我降温。手凉的人，心是热的。我总是听人这样说。

她给我看不倒翁形状的小瓶子，用在流理台找到的一次性筷子将瓶中像糖稀一样的东西骨碌碌卷起来。我听从她的吩咐，舔了舔好吃的糖稀。她微笑着凝视我，对我讲述和李白先生一起度过的那个漫长夜晚。

"李白先生病好后，我们两个人一起去庆祝吧。"

我忽然说出这种话。不知是因为发着烧，还是因为那香味浓郁的糖稀涌上头，让我差点流鼻血。

"我们一起？"

"一起。"

我又加上一句："我顺便介绍有意思的书店给你。"

她温柔地点头，笑着说："一起去吧。"接着开始发呆。由于时间实在太久，我想要是有"世界发呆锦标赛"，她一定能代表日本出赛。

"有点发烧了。"她笑着说，"我可能也感冒了。"

　　她第二天就回老家了。多亏她带来的感冒药"润肺露"，我终于从感冒之神的魔爪中逃脱。在被窝里养精蓄锐之时，圣诞节已经过去，年末慌慌张张地到了。

　　这段时间里，感冒的横行终于告一段落。

　　早一步恢复健康的学园祭事务局局长在回老家前来探望我。

　　我当时独自卧床不起，不知道连内裤总头目、诡辩部成员等相关人士全都病倒了。"是不是你传染的？"我这样一说，他便回应道："同生死，共患难嘛。"我说已经和她约好两个人一起出去了，事务局局长先是对我的努力予以表扬："干得好！"然后却扔下"和女人交往，接下来才不容易"这句惹人厌的台词才离开。

　　我回家了。

　　过完年回到京都，我住处的邮箱里塞进了一张小小的邀请函，邀请我参加庆祝李白先生病愈的聚会。活动负责人是樋口先生。费用全部由李白先生承担，免费招待所有相关人士，美味食物尽情吃，伪电气白兰随便喝。

　　我一整天都紧紧握着电话筒，终于，拨通了她的电话。

　　那天，我走出住处，前往今出川大街的咖啡店"进进堂"。

庆祝李白先生病愈的聚会晚上六点半在纠之森开始。我和她约好在这里见面喝咖啡。为了不迟到，我必须下午两点就出门。那样的话，非得在早上七点钟起床不可。因为洗衣服晾衣服需要几个小时，淋浴后晾干头发也要一个小时，刷牙五分钟，整理头发半小时，预演与她的对话也需要几个小时，真是太忙了。

　　我走在排水渠旁。刚过完年，精力充沛的运动部成员已经在操场上奔跑了。这类风景我早已司空见惯，但看到如同漂白过的冬日阳光照耀下的街道，还是有种过年后的清爽之感。

　　然而，我的步伐却越来越沉重，胃也像灌满了铅一样沉。想到万一她不来，心情就变得很沉重；想到她会来，心情就更加沉重了。我吸着烟，故意转来转去绕远路。

　　我不知该如何是好。世间的男女独处时都谈些什么？不会一直大眼瞪小眼吧？也不会反复高谈阔论人生和爱情这样的话题吧？莫非其中有什么我不擅长的奥妙之处？用时髦的笑话逗她开心，又不能被她看作花言巧语，同时还要以硬朗的姿态赢得她的好感——这样的事情根本不可能吧。我不是开朗活泼又机灵的人，很容易讲出无聊的话，最后沦为两人默默喝咖啡的境地。那样做有意思吗？就算我看着她便觉得开心，可她开心吗？要是像恶鬼一样蚕食她宝贵的人生光阴，那就太对不起她了。实在是太对不起她了。果然还是老老实实地迂回作战比较轻松快乐。啊，真是困扰。怀念迂回作战的时候，想回到那些光辉的日子里。

　　我坐在排水渠旁边的长椅上，凝视着凋零的行道树。

我想，她现在应该正准备出门吧。

说来有点丢人，那一天我兴奋得不得了，早上六点就起床了。

学长给我打来电话，约我在赴李白先生痊愈庆祝会前，一起去咖啡店喝咖啡。这岂不就是传说中的"约会"？没错！我被人约还是第一次，这是头等大事！

左思右想，又做了扫除，不知不觉时间就过去了。

我一边打扮，一边想要和学长说些什么。

我有很多事想问学长——学长在春天的先斗町度过了怎样的夜晚？还有，在夏天的旧书市吃到的火锅究竟是什么味道？在秋天的学园祭为了能演顽固王，进行了何种冒险？在我不知道的地方，学长是怎样度过光阴的？我非常好奇。

我兴致勃勃地出了公寓，接受寒冷清爽的阳光的照耀。李白感冒终于消失了，十二月那寂寞的街道再次热闹起来。

不知为何，我忽然变得非常愉快，向咖啡店"进进堂"出发了。

我终于鼓起勇气向咖啡店"进进堂"出发。

无须多言，既然是我主动约她，岂能中途逃跑？

午后三点，我推开厚重的大门进入昏暗的店内。离约定时间还有一小时。我气喘吁吁地在靠窗的位子坐下，边喝咖啡边考虑该说些什么。左思右想，终于想到一个好主意。

我有很多事想问她——她在春天的先斗町度过了怎样的夜晚？在夏天的旧书市遇到了什么样的书？在秋天的学园祭怎样当上了那引起轰动的戏剧的主角？

只要她回答我的问题，我就可以说出自己的回忆了。

心情稍微轻松些了。我从窗口看着今出川大街。午后耀眼的阳光落下来，照得周围亮晶晶的。我发起呆来。

门终于推开了，我看到了她的身影。

我低下头。

她也礼貌地低下头。

在这值得纪念的瞬间，我停止了迂回作战的行为，转而挑战更困难的课题。读者诸贤，请原谅我的告辞，期待再相见！

再见，那些填平护城河、迂回作战的日子。

故事结束时，我送给诸位一句话：

尽人事，听天命。

走在今出川大街上，我想象着行道树再次变绿的日子。

春天，我就是大学二年级的学生了。这一年真是不可思议啊。我对大二的生活充满期待。以学长为首，这一年来我受到了很多人的关照，真是感激不尽。

终于来到了咖啡店"进进堂"。

我紧张地推开咖啡店的玻璃门，顿时被一种世外桃源般温暖柔和的空气包围。昏暗的店里，充斥着人们在乌亮的长桌间谈话的声音、用勺子搅拌咖啡的声音和翻书的声音。

学长坐在面向今出川大街的座位上。

从窗外照进来的冬日阳光像春天般温暖。学长在光线充足的地方一手托腮，像睡午觉的猫一样在发呆。我看到他的模样，心里不禁暖暖的，就像把空气般轻盈的小猫放在肚子上，惬意地滚倒在草原中央。

学长看到我了，他笑着低下头。

我也低下了头。

就这样，我一边向学长走去，一边低语：

"如此相逢，也是有缘。"

文治

磨铁图书旗下子品牌

更 好 的 阅 读

出 品 人 沈浩波

特约监制 潘 良 于 北

产品经理 单元皓 苟新月

特约编辑 施 然 张凤涵

版权支持 冷 婷 郎彤童

营销支持 金 颖 于 双 黑 皮

装帧设计 尚燕平

封面插画 中村佑介

关注我们

官方微博：@文治图书

官方豆瓣：文治图书

联系我们：wenzhibooks@xiron.net.cn

图书在版编目（CIP）数据

　　春宵苦短，少女前进吧！/（日）森见登美彦著；
陈晶译 . — 成都 : 四川文艺出版社 , 2020.9（2023.10 重印）
　　ISBN 978-7-5411-5749-3

　　Ⅰ . ①春… Ⅱ . ①森… ②陈… Ⅲ . ①长篇小说—日
本—现代 Ⅳ . ① I313.45

中国版本图书馆 CIP 数据核字 (2020) 第 153977 号

YORU WA MIJIKASHI ARUKEYO OTOME
©Tomihiko Morimi 2009
First published in Japan in 2009 by KADOKAWA CORPORATION, Tokyo.
Simplified Chinese translation rights arranged with KADOKAWA
CORPORATION, Tokyo through BARDON-CHINESE MEDIA AGENCY.

版权登记号 图进字 21-2020-262 号

CHUNXIAO KUDUAN, SHAONÜ QIANJIN BA !

春宵苦短，少女前进吧！
[日]森见登美彦 著 　陈晶 译

出 品 人　谭清洁
责任编辑　王梓画　柴子凡
产品经理　单元皓　苟新月
特约编辑　施　然　张凤涵
责任校对　段　敏

出版发行　四川文艺出版社（成都市锦江区三色路 238 号）
网　　址　www.scwys.com
电　　话　028-86259287（发行部）　028-86361781（编辑部）

印　　刷　三河市中晟雅豪印务有限公司
成品尺寸　145mm×210mm　　　　　开　本　32 开
印　　张　7.75　　　　　　　　　　字　数　161 千
版　　次　2020 年 9 月第一版　　　印　次　2023 年 10 月第十次印刷
书　　号　ISBN 978-7-5411-5749-3
定　　价　49.80 元